아침을 먹다가 생각한 것들

이다혜

Editor's Letter

잘 먹는 것. 그것은 우리에게 단순히 배를 채우는 행위 이상으로 삶의 커다란 행복이 되었습니다. 살다가 때때로 마주하는 '띵' 하는 순간! 머리가 띵 하고, 배 속이 띵 하고, 그 무엇보다 마음이 띵 하는, 바로 그때! 그렇게 온몸을 찌르르르 통과하는 기쁘고 노엽고 슬프고 즐거운 삶의 장면마다 우리는 음식과 함께해 왔습니다.

따뜻한 국밥 한 그릇으로 마음의 허기를 달래고, 쨍하게 시원한 냉면 국물을 쭉 들이켜 가슴에 맺힌 화를 식히고, 입안이 얼얼하도록 매콤한 음식 한 젓가락에 지옥의 문턱을 밟았다가, 다디단 디저트를 베어 물고 금세 천국을 경험하기도 하는 우리들이니까요. 늘 곁에 있는 음식과 함께 쌓여가는 영롱한 이야기들을 수집해두고자 이 기획은 출발했습니다.

이 시리즈에는 각 권마다 주제가 되는 키워드가 있습니다. 키워드 선정 규칙이랄까, 조건은 다음 네 가지 중 하나에 해당하면 됩니다. 하나, 구체적인 음식 한 가지. (예를 들면, 짜장면.) 둘, 평소 자주 쓰는 식재료. (예를 들면, 양파.) 셋, 상징성을 가질 만한 음식의 범주. (예를 들면, 해장 음식.) 넷, 음식과 관련된 특정 주제. (예를 들면, 조식.)

여기서 중요한 것은, 책마다 메인 테마로 삼을 수 있는 '한 가지'입니다. 때로는 음식이 아니어도 되지만 음식과 필연적인 관련성은 있어야 하며, 전체를 하나의 주제로 아우르는 데 충분히 납득이 갈 만한 것이어야 합니다. 장르 불문 이유 불문 여러 음식들을 분식집 메뉴판처럼 늘어놓는 방식은 의식적으로 지양하고자 했습니다. 그리고 마지막으로 꼭 덧붙이고 싶은 조건은, 각자 선정한 주제에는 기본적으로 애정이 바탕에 깔려 있을 것! 우리는 좋아하는 것을 이야기할 때 더욱 할 말이 많아지니까요. 내가 좋아하는 것을 함께 좋아하고 싶은 마음으로 벌써부터 분주해지니까요.

첫 번째 주제가 '조식'으로 선정된 것은 가히 운명적이기까지 합니다. 하루의 첫 끼니. 시리즈의 1번. 세상의 가장 앞줄에 놓인 단어들은 언제나 기분 좋은 흥분으로 우리를 데리고 갑니다. 이 책은 그동안 우리가 눈도 제대로 뜨지 못한 채 입속에 밀어 넣었을 매일의 첫 끼에 대한 단상입니다. 날마다 모든 집에서 벌어지는, 지극히 일상적인 아침 풍경에 대한 가장 특별한 이야기입니다.

Editor 김지향

차례

배고픈 자가 차려 먹어라

결혼과 아침식사

나: 결혼이 왜 하고 싶어?

친구: 좋잖아. 아침에 일어나면 와이프가 아침밥 해놓고 깨워주고….

나: 너 지금 아침 먹고 출근해?

친구: 아니.

나: ???

결혼을 앞둔 여자 친구들의 화두는 많은 경우 '집'이다. 집이 중요하다. 결혼은 부모님에게서 벗어나, 얼마든 부모님의 도움을 (역대급) 큰 단위로 받고, '우리 집'을 갖는 과정이기도 하니까. 월세든, 전세든, 자가든. '가정'이라는 말에는 물리적 공간으로서의 '집'이 포함된다. 양쪽 집안 간의 갖은 줄다리기는 거의 돈과 권력으로 수렴된다. 결혼과 관련해 사랑이라는 단어도 언젠가 들어본 듯한데 잘 기억은 나지 않는다. 결혼과 비슷한 생김새의 단어는 무엇일까? 당신에게 결혼은 신뢰, 미래, 안정을 뜻하는가? 사랑, 모험, 도전 쪽인가? 살림, 돈벌이, 아파트? 대체로는 이것인 줄 알았는데 저것인 경우가 많아 보인다. 저것인 줄 알았는데 이것이거나, 혹은 저

것과 이것이 혼재된 형태.

곧 결혼하는 남자 사람 친구, 혹은 나에게 결혼을 청했던 남자들을 떠올리면 '아침밥'이라는 단어가 놀라울 정도로 많이 거론된 기억이 난다. 결혼하고 싶은 이유를 물으면 아내가 앞치마를 하고 아침상을 차려놓고 자신을 깨우러 오는 광경을 말한다. 평소에 아침을 잘 먹지도 않고, 집 분위기가 그런 것도 아니라는데, TV 드라마에서 보여주는 신혼 풍경이라는 게 미치는 영향이 있기는 한 모양이다. 결혼을 해야 인간답게 살 거라고 독신 남성에게 말할 때, 사람들은 동등한 인간 한 사람을 떠올리는 대신 우렁각시를 생각하는 것 같다. 남자가 보지 않는 동안 남자가 필요한 줄도 몰랐던 필요를 충족시켜주기 위해서 이 구석 저 구석에서 일하는 존재.

결혼하는 여자는 "아침마다 남편에게 아침밥을 차려주고 싶어!"라고 하지 않는데, 결혼하는 남자는 "아내가 차려주는 아침상"을 말한다. 아침 안 먹는다고 분명 들었는데도, 결혼을 하면 그게 상징적인 이벤트가 된다. 아침상을 차려주는 사람이 생긴다는 게 좋은 건지, 아침을 먹고 싶다는 건지 구분하기 어렵다. 아침 먹는 게 좋아? 그러면 지금부터 직접 차려 먹어.

갓 결혼한 여성이 가장 자주 받는 질문 중에는 "아침은 차려줘?"가 있(었)다. 결혼한 남성도 같은 질문을 받는다. 하지만 같은 질문을 여성에게 할 때는 여성이 아침상을 차리는 주체고, 남성에게 할 때 남성은 아침상을 받는 주체다. 갓 결혼한 여성에게 아침은 먹고 다니냐고 묻는 사람은 없다. 남편이 아침상은 차려주냐고, 아직 신혼인데 남편이 아침도 안 차려주냐고 질문받는 여자는 없다. 여자는 아침에 배가 안 고픈가? 여성에게는 밥 차리는 일이 밥 먹는 일보다 중요한가? 꼭 시어머니는 며느리 앞에서 아들에게 "아침은 먹고 다니니?" 하고 묻는다고, 친구가 한숨을 쉰 적이 있다. 결혼 전에는 아침 안 먹었다는데, 피곤해서 아침은 먹고 싶지도 않다는데, 맞벌이하면서 저녁 한 끼 같이 먹기도 힘든데, 아침이라니 대체 이게 다 무슨 말이야. 어머님, 저도 결혼 전에 손에 물 한번 안 묻히고 살았어요. 벗은 속옷, 벗은 양말, 세탁바구니에 넣는 거라도 가르치지 그러셨어요. 속으로 쏘아붙이는 며느리 랩.

전날 아내와의 섹스가 좋았다는 말을 결혼한 남자들은 "아침상이 달랐다."는 식으로 표현하기도 한다. 너무 웃기다고 생각한다. 그 변화가 느껴질 정도라면, 얼마나 그 빈도가 낮다는 말이야? 평소에는 뭘 하고 있어? 어쩌다 한번 아침밥이 잘 나온 일을 자랑하고 싶어? 내가 어렸을 때 들었던 중년 여성들의 농담 중에는 이런 말이 있었다. 하는 짓을 보면 "그 입에 밥 들어가는 꼴도 보기 싫다."고. 누구 입일지는 알아서 생각해보시라.

중요한 날은 하던 대로 하세요

시험날 아침밥

한국 사회에서 한 가족이 모두 긴장하고 사회 전체가 들썩이는 날. 바로 대학수학능력시험일이다. 수험생은 물론이고 그 가족과 학교, 학원, 여하튼 모두가 누구에게랄 것 없이 기원을 한다. 나는 수험생인 가족이 없게 된 지 오래되었으나 그날이 되면 여전히 기도를 한다. 대입은 상대평가이니 모두가 행복한 결말은 없겠지만, 시험날 갑자기 아프거나 사고가 생겨 고생하는 일은 생기지 말라고 기도한다.

문제는 아침밥이다. 이게 뭐라고. 시험 당일의 아침밥은 단순한 문제가 아니다. 아침을 든든히(가능하면 기억력 향상과 두뇌 회전에 좋다는 콩과 멸치를 식단에 넣어) 먹는 편이 낫다는 생각과, 1교시 시험부터 몰려올지 모를 식곤증, 그리고 가뜩이나 초조한데 굳이 식사를 하며 격려의 말을 듣는 고문을 감내할 것인가 하는 고민이 혼재되어 있다. 여기에 대한 입시 전문가들의 대답은 단 하나다.

평소에 하던 대로 하라. 아침을 안 먹던 수험생은 안 먹는 편이, 먹던 수험생은 먹는 편이 좋다는 말이다. 메뉴 역시 마찬가지다. 시험날 아침을 먹게 하고 싶다면, 며칠 전부터 시험 당일의 리듬에 적응하게 해두는 편이 좋다.

중요한 날 아침식사가 든든해야 몸도 마음도 든든하다는 것 역시 맞는 말이다. 롤랜드 에머리히 감독이 연출한 영화 〈미드웨이〉에는 잊을 수 없는 아침식사 장면이 나온다. 미드웨이에서 격전을 앞둔 아침, 파일럿들은 식사를 한다. 당시 상황을 담은 다큐멘터리 〈10대 사건으로 보는 제2차 세계대전〉에 따르면, 아침식사로 달걀요리나 스테이크가 나오는 날은 험난한 날이라고 했다. 영화 속 그날은 달걀요리와 스테이크가 모두 나왔다.

미드웨이 해전은 태평양전쟁의 흐름을 미국 쪽으로 확실히 기울게 한 대규모 전투였다. 진주만이 공습당한 피해를 복구하느라 해상에서 가용할 전력이 부족했던 미국과 이미 러일전쟁에서 대승을 거둔 경험에 더해 제로센 전투기와 압도하는 해상 전력을 자랑하던 일본. 애초에 일본이 우세할 듯 보였던 미드웨이 해전은 미국이 정보전에서 앞선 데다가 몇 가지 기적 같은 상황(일본 입장에서는 악몽이 따로 없는 판단 착오의 연속과 관료제)이 연달아 발생하며 미국의 승리로 마무리되었다. 하지만 이건 결론일 뿐이고, 영화 〈미드웨이〉에 잘 나와 있듯이 미군이 승리를 낙관하고 뛰어든 싸움은 아니었다. 그리고 SBD 급강하 폭격기 파일럿들의 활약이 있었다.

당시 기술로는 위성을 이용해 적의 위치를 정확히 알아낼 수 없었기 때문에 항공모함에서 이륙한 전투기들은 망망대해에서 적의 위치를 육안으로 찾아다녔다. 그러고 나서는 폭격의 명중률을 높이기 위해 적함에 근접한 위치에서 직각에 가까운 각도로 내리꽂은 뒤 폭탄을 투하하고 다시 상승해야 했다. 이 와중에 적함에서 쏘아올리는 총알이며 포탄을 피해야 함은 물론이다. 그래서 〈미드웨이〉를 보면, 나름 진수성찬인 스테이크가 담긴 아침식사를 하는 파일럿들의 표정이 어둡다. 아마도 살아 돌아오지 못할 수 있다. 아니, 분명 살아 돌아오지 못한다는 얼굴들이다. 식사는 거의 멈춘 상태로, 다들 생각에 잠겨 있다. 영화에서는 다시 힘을 불어넣는 말이 오가고 맹렬하게 식사가 재개되지만. 그 식사는 격려였을까? 아니면 마지막이라는 생각으로 베푸는 호의였을까? 둘 다였겠지.

동생이 입대하던 날의 아침식사가 생각난다. 나나 동생이 성인이 되기 전부터 아침에 온 식구가 둘러앉아 아침을 먹는 일은 잦지 않았다. 주말이 아니고서는 아침이나 저녁이나 제각기 먹었으니까. 그날은 아침을 같이 먹자고 해서 식탁에 모여 앉았다. 건강하라는 말 말고 무슨 말을 해야 할지 몰라서 나는 묵묵히 밥을 먹다가 울기 시작했다. 그날 학교에 가는 버스 안에서도 사연 있는 사람처럼 계속 울었다. 별로 친하게 지내는 듯하지도 않던 동생의 입대날 눈물이 터진 나를 보고 식구들이 "잰 갑자기 왜 저러지." 하며 어리둥절해하던 그 아침을 잊을 수 없다. 동생의 순수한 날들이 이제 끝난다고 생각해서였다. 나중에 집에 돌아올 동생은 다른 사람이라고 미리 걱정해서. 지금 생각해보면 애초에 군대 가기 전에도 딱히 순수하지 않았을 텐데. 아침에 하는 이별, 그런 순간의 아침식사는 사무치는 데가 있다.

1월 1일

떡국

새해 첫날, 가족이 모여 앉아 떡(만둣)국을 먹는다. 한 그릇 해치우면 사이좋게 한 살씩 더 먹는다. “떡국을 먹으면 한 살 더 먹는다.”는 말을 이상하게도 해마다 누군가가 한다. 나는 떡국 안 먹어도 한 살 더 먹는다는 말을 하고 싶지만, 어쩐지 그냥 웃어 넘기고 싶은 기분이다. 혼자만 늙는 게 아니라는 사실이 기꺼워서일지도 모른다.

어릴 때는 1월 1일 첫 끼니와 함께 나이를 먹는다는 게 특별하게 느껴졌다. 어제랑 똑같은 오늘인데! 모든 사람이 동시에 한 살을 더 먹는다고? 이른바 ‘한국나이’라는 것인데(웃음), 이게 이상한 줄도 모르고 십몇 년을 살았다. 외국인들은 만 나이로 나이를 센대. 하지만 열두 살 열다섯 살에는 나이를 한두 살 깎는다고 생각하면 영원히 애송이로 남을까 봐 한국나이를 고집했다. 생일이 늦은 친구와 이른 친구 사이의 은근한 신경전도 있었다.

‘나이’는 한국문화에서 너무나 중요하기 때문에 같은 학년의 모두가 같은 나이여야 학년만 보고도 반말을 쓸지 존댓말을 쓸지 알 수 있었다. 온 국민이 동시에 나이를 먹는다는 말의 함의는 그런 것이다.

와중에 '빠른' ○○년생들이 끼어들고, 그러면 내 동생과 같은 해에 태어난 친구가 내 친구가 되면 우리는 셋이 만날 때 존대를 해야 하는가 반말을 써야 하는가…. 나는 그런 면에서 한국어가 피곤하다. 나이가 어려도 모르는 사이이기는 매한가지인데, 왜 "오빠라고 불러."라고 인심 쓰듯… 말하는 거지? 요즘에는 나이와 무관하게 서로 존대하는 경우가 더 많아지고 있고, 나 역시 그렇게 하는 편이 좋다. '빠른'인지 뭔지는 없어졌다고 한다. 속이 다 시원하다.

새해 첫날의 아침식사는 그렇다. 반찬은 김치 정도로 간소하게 하고, 떡국을 먹는다. 그런데 이 단순해 보이는 음식도 집집마다 문화가 다르다. 이날 먹는 떡을 특별히 정한 방앗간에서 떼 오는 집이 있는가 하면, 고명으로 달걀 지단만 쓰는 집도 있다. 설날에 떡국. 사실 알 게 뭔가. 안 먹어도 아무 상관없다. 하지만 굳이 특별한 날짜에 특정한 메뉴를 정하는 일은 시간에 마디를 만들어준다. 그러니까 모든 가족이 모여서 떡국을 먹는 날은 새해의 첫날이고(음력 설을 쇠는 집은 새해 결심을 두 번 할 수 있다는 장

점도 있다.), 부럼을 까는 날이 있는가 하면 미역국을 먹는 날이 있다. 나는 추석에 송편을 먹지 않게 된 지 아주 오래되었는데, 1월 1일의 떡국은 여전히 먹는다. 다 같이 나이를 먹는다. 어릴 때는 떡국을 먹기 전에 세배를 했고, 그러면 세뱃돈을 받았다. 어제와 오늘은 1년 차이고, 한 살 차이다. 그냥 그런가 보다 하면 잊고 지나갈 일을, 아침식사에 떡국을 먹으면서 시시한 농담을 하고 사이좋게 나이를 한 살씩 먹는다. 시간에 나이테를 만든다. 어제와 오늘이 다른 척한다. 새해 결심을 세워본다. 리추얼(ritual), 의식은 그런 효과를 지닌다. 마음을 새로이 가다듬는다. 그 하루가 채 가기 전에 모든 것이 원위치로 돌아온다 하더라도.

우리집은 높은 확률로 겨울에 김장김치로 만두를 가족이 함께 빚어 만둣국을 만들어 먹곤 했는데, 집에서 빚은 만두는 조금만 방심하면 떡만둣국이 아니라 개죽이 된다. 집에서 빚은 터진 김치만두가 든 떡만둣국은 엄청나게 맛있다! 순수한 떡국을 주장하는 파와 떡만둣국을 원하는 파는 같은 음식을 원하는 것인가? 떡이 들었으면 된 것 아닌가? 이런 문제를 가지고 식탁에서 옥신각신하다 보면 우리는 무엇을 위해 싸우고 있는가 하는 생각이 든다. 애초에, 떡국 원리주의자가 아니라 다들 그냥 심심했을 뿐인지도 모르겠다.

동생이 결혼하고 나서 빚은 만두를 먹어보면 모양도 다르지만 맛이 전과 다르게 훌륭하다. 아마도 아내의 살림법을 열심히 배우는 모양. 처음 내 집 수건을 다르게 개놓은 것을 보고 당황했지만 이제는 그러려니 한다. 과거에 먹던 메뉴를 따라 먹는 것이 설날의 떡국이라지만, 이렇게 소소하게 바뀌어가는 것을 보면 이런 게 미래를 현재에 사는 법인가 싶어진다. 새로운 가족이, 미래의 가족문화를 현재에 부려놓는다. 과거를 잇는 게 아니라 미래로 현재를 이끌어간다. 생각해보면, 지금 떡국을 함께 먹는 사람들의 면면은 20년 전과 달라져 있다. 누군가의 나이는 숫자 더하기를 멈추었다. 언젠가는 내가 떡국상 차리는 일도 없어지겠지.

모닝 곱창전골을 먹은 사연

독거인의 흔한 아침밥

안녕하세요. 저는 1인 가구의 세대주입니다.

'세상의 모든 아침밥'이라는 소재로 책을 쓰는 중인 제가 아침으로 가장 많이 선택하는 메뉴는? 바로 '전날 밤에 먹고 남은 것'입니다. 이럴 줄은 몰랐어요. 어쩌다 이렇게 되어버렸습니다.

식은 치킨, 식은 피자, 차가운 밥, 싫어하는 부분만 남은 족발 같은 메뉴가 아침을 자주 장식하는 이유는 바로 제가 혼자 살아서입니다. 한창 맛있는 시기가 지난 온갖 음식을, 아침에 먹습니다. 정신없는 아침이면 겨우 세수를 하고 이를 닦은 뒤 달려나가야 하기 때문에 그마저도 먹지 못해요. 그러면 남은 음식은 음식물 쓰레기가 됩니다. 가끔은 음식물 쓰레기를 먹는 것인가 자조하게 되기도 하고요.

혼자 살아보면 살림의 규모가 생각보다 작고, 생각보다 크다는 발견을 하게 됩니다. 그게 한 인간이 세상에 만들어내는 노이즈의 크기입니다. 두루마리 휴지를 살 때는 '4인 가족 기준이구먼.' 싶은 생각이 절로 들 만큼 판매 단위가 거대하다는 데 불만이 생기는데, 막상 쓰다 보면 '왜 벌써 떨어진 거지?' 하게 되지요. 우유 1리터도 많지만 적고, 열 개들이 달걀도 그렇습니다. 두부 한 모도 마찬가지고요. '다음에'를 기약하면 소리 소문 없이 냉장고 안에서 부패하고 있습니다. 그래서 사다 먹고 시켜 먹으면 이번에는 음식이 남고 쓰레기가 다량 발생합니다.

이것은 사실 4인 가족도 마찬가지로 겪는 문제입니다. 하지만 차이가 있죠. 저는 5인 가족으로 오래 살았는데, 1인 가족이 된 이후 알게 된 가장 큰 차이점은 바로 '내가 안 하면 아무도 안 한다.'였어요. 가족이 많다고 모두 식사를 집에서 하는 것도 아니었고, 좋아하는 음식은 모두 다 다릅니다. 어머니가 일을 하셨던 저희 집에서 요리는 외할머니가 오래 전담하셨고, 외할머니가 돌아가신 뒤에 어머니가 맡았어요. 외할머니는 비가 오는 날이면 김치전을 만들어 간식으로 주셨습니다. 굵은 멸치를 넣어 육수를 낸 김치찌개도 기억납니다. 별식은 아버지와 제가 만들었어요. 아버지는 콩나물밥과 닭백숙, 보쌈을 잘 만들었습니다. 외할머니는 채식을 하느라 모든 음식을 두 가지 버전으로 만드셔야 했는데, 그러다 보면 필연적으로 어떤 음식은 많이 남곤 했겠지요. 그런 사실을 제가 잘 모르는 이유는 (맛없게 조리되어) 실패한 음식이든 (좀처럼 집에서 식사하는 사람이 없어) 불운한 음식이든 외할머니와 어머니가 드셨기 때문입니다. 자꾸 외식을 하면 집에서 식사를 하라고 한마디 하시던 어머니의 말이 기억나요. 쓸모 없는 자식들은 해놓은 반찬 무시하고 나돌아 다니다가 어느 날 갑자기 집에서 밥을 먹는답시고 냉장고를 열어 "뭐 먹을 거 없어?"라고 묻죠. 말만 하면 하늘에서 떨어지는 줄 알고.

혼자 사니까 알게 되더라고요. 우유나 달걀은 제가 사다놓기만 하고 먹지 않아도 시간이 지나면 사라지는 식재료였는데(특히 우유는 어머니가 드시거나 혹은 한 잔씩 따라 방마다 다니며 잔을 비우게 하시던 기억이 납니다.), 이제는 일이 바쁠 때는 개봉하지도 않은 채 유통기한 지난 우유를 개수대에 쏟아붓곤 합니다. 냉장고도 일부러 작은 걸 샀는데! 가끔은 눈물이 날 지경이에요. 양배추 반의반 토막 먹을 시간이 없습니다. 아니, 먹기는 고사하고 버릴 시간도 없어요. 하지만 다음에 마트를 가면 또 삽니다. 아침에 정신 없을 때 몇 장 뜯어먹고 나가야지. 다음 날 아침이면 세수만 하고 물 한잔 못 마시고 뛰쳐나갈 텐데도. 오늘 아침에는 열흘 된 잡채를 냉장고에서 발견했습니다. 아침에 마음이 급해서 그냥 나왔는데, 퇴근하고 집에 가면 또 버려야 하겠죠. 아침식사를 염두에 두고 채워놓은 음식은 유난히 신선식품이 많고, 그만큼 쓰레기통으로 직행할 확률이 높습니다. 사과를 씻어 먹어야지 하는 마음조차 실행에 옮기기 어려울 때가 있다니까요.

그래서 고독한 미식가가 됩니다. 아니, 미식은 전날 밤 했고, 이튿날 아침은 그냥 고독한 음식처리반이 되지요. 남은 곱창전골에 우동사리를 넣어 끓이고, 전날 밤 먹은 교촌치킨은 밥반찬으로 먹고, 누가 사준 단팥빵이니 초콜릿이니 하는 것은 커피와 함께 우걱우걱 먹습니다. 쓰레기통에 넣지 않기 위해 내 입으로 버리는 음식들입니다. 혼자 사는 사람의 흔한 아침식사 풍경입니다. 전날의 끼니를 '맛없게' 한 번 더 먹습니다.

시켜 먹든 만들어 먹든, 언제나 남는 음식이 고민입니다. 지구 환경도 생각해야 하고요.

아! '내가 안 하면 아무도 안 한다.'여서 좋은 점

이 생각났습니다. 비싸고 맛있는 음식을 사다놓으면 전에는 제가 먹기 전에 다른 식구들이 귀신같이 알고 먹어치웠습니다. 글렌피딕 12년산을 딱 한 잔 마셨는데 1년 뒤에 보니까 반이 줄어 있어서, 저는 뚜껑을 대충 닫아 증발한 줄 알았다니까요? 저희 어머니는 케이크숍 '미카야'의 레어치즈케이크를 굉장히 좋아하셔서, 연말연시에 제가 레어치즈케이크 하프와 다른 케이크 세 가지 정도 조합해서 한 판을 만들어 와 냉장고에 넣어두면 레어치즈케이크만 사라져 있곤 했어요. 엄마! 나도 먹으려고 많이 사다 둔 거란 말이야! 어머니가 돌아가시고 나서는 그런 생각이 나서 오히려 자주 먹지 못하는 음식이 되었지만요.

하늘에서 아침을

기내식

장거리 비행을 하다 보면 비행기에서 아침식사를 하게 된다. 기내 불이 켜지고 눈을 뜨기도 전에 코가 냄새를 맡는다. 눈은 거울을 보지 않아도 부어 있는 걸 알겠고 묵직한 발도 비슷한 상태다. 벗어둔 신발에 발을 밀어넣어보니 들어가다 만다. 시계를 확인한다. 세상에. 아직도 두 시간을 더 가야 한다고?

저녁식사도 소화가 다 안 되어서, 손발이 퉁퉁 부어 있어서, 입이 텁텁해서 식사는 도저히 못하겠다 싶다. 눈을 다시 감는다. 달그락거리는 식기 소리가 점점 가까워진다. 승무원이 "아침식사 드리겠습니다."라고 말하는 순간 갑자기 허기가 찾아온다. 벌떡 몸을 일으켜 트레이를 열고 식사를 받는다. '지금 먹기는 싫은데.' 하다가도 (특별히 몸상태가 나쁜 때가 아니라면) 과일이 들어간 떠먹는 요구르트 같이 차고 단 음식, 빵이나 오믈렛 같은 부드럽고 따뜻한 음식을 배 속에 넣으면 기분이 좋아진다. 이래서야 나는 겨우 평범한 먹보 아닌가.

비행기에서의 아침식사는 많은 경우 '곧 도착합니다.'라는 뜻이기도 하다. 아침식사를 먹고 나면 치밀한 눈치작전을 거쳐 화장실에 가야 한다. 잘못하면 모닝똥 승객 뒷순번이 걸리는데, 자세한 설명은 생략한다. 간단히 얼굴에 물이라도 묻혀야 하고, 이도 닦고 싶고, 볼일도 봐야 한다. 비행기에 탄 모두가 같은 생각이기 때문에 때로는 그 좁아터진 비행기에서 다섯 명 정도 줄을 선 끝자락에 하염없이 대기해야 한다. 이러다 비행기가 흔들리기라도 하면 자리로 돌아가 앉아야 한다. 내 양치! 내 세수! 안전벨트 등이 꺼지면 바로 튀어나가야지. 이때 못 씻으면 비행기에서 내린 뒤 화장실에서 씻는 일도 있다. 깨끗하고 따뜻한 물이 잘 나오는 공항 화장실이라면, 갑자기 씻고 싶은 마음이 빠렁치면서 세면대에 뛰어들고 싶은 환각에 시달린다. 씻기만 하면 기분이 훨씬 더 좋아질 거야!

저녁 메뉴는 항공사 국적에 따라 개성 넘치는 식사를 준비하는 경우가 많은데, 아침식사는 대체로 비슷하다. 간이 강하지 않고 소화가 잘되면서 든든하게 먹을 수 있는 음식이다. 딱히 별미는 아니지만 자고 일어났다고 또 우물우물 뭐가 입으로 들어간다. 식사를 마치면 여권과 입국서류를 다시 한번 확인한다. 인공눈물을 넣고, 도착해서 이동할 숙소 위치를 확인하고, 숙소까지 가는 방법을 적어놓은 메모를 읽는다. 집에 돌아오는 중이라면 괴로워하며 다시 잠을 청한다. 출장이든 휴가든, 이제 남은 일은 생업으로의 귀환뿐이다. 아마 카드 값이… 카드 값이…. 그건 사지 말 걸 그랬나.

지금 이 글은 비행기에서 모닝 커피를 마시며 쓰고 있다. 제주도에 가는 중인데 비행기가 꽤 흔들린다. 나만 무서운 건 아니겠지요. 징크스라면 징크스인데, 꼭 식사만 하려고 하면 잠잠하던 비행기가 흔들리더라?

이 모든 이야기는 저가항공을 타면 없는 일이 된다. 저가항공을 탈 때는 미리 간단한 끼니를 준비해야 하는데, 의자를 젖히지 못한 채 몇 시간만 지나도 뭘 먹고 싶다는 생각이 사라진다. 출발 시간이 너무 이르거나 너무 늦어서 더더욱. 비행기를 타기 전부터 이미 입안이 깔깔하다니까.

블퍼컵에 담아 마시는 모닝 카페인

이것은 음료인가 각성제인가

그릇 좋아하시는 분들에게는 익숙할 텐데, 서양에는 '브렉퍼스트 컵'이라는 장르가 있다. 장르라니 거창하게 들리겠지만, 아침식사 때 쓰는 컵이라는 뜻이다. '블퍼컵'이라고 줄여 부르기도 한다. 쉽게 말하면 '큰 찻잔'이다. 일반적인 찻잔의 1.5배 정도 되는 크기인데, 카페인이 듬뿍인 (잉글리시) 브렉퍼스트 티에 우유를 부어 하루를 시작하는 용도로 쓰인다. 지금 한국에서의 커피숍 문화는 스타벅스 기준으로 '숏-톨-그란데-벤티'의 사이즈 구분이 익숙할 텐데, 유럽 많은 지역이나 일본에서는 숏 사이즈 정도 크기면 이미 브렉퍼스트 컵이 필요해진다.

핀란드를 비롯한 북유럽에서 주로 사용하는 브랜드에서 '커피컵'이라고 부르는 사이즈는 병아리 눈물만큼 들어간다. 커피컵 용량이 120ml, 톨컵이 160ml, 코코아컵이 300ml, 티컵이 270ml인데, 언젠가 번역가 K선생님이 해당 브랜드의 쓰지 않는 커피컵을 선물로 주시면서 "이걸 누구 코에 붙이라고 커피컵일까요?"라는 한탄을 하셔서 웃은 기억이 있다.

브렉퍼스트 컵은 (컵마다 다르지만) 300ml에서 400ml 사이가 들어가니, 그 정도는 되어야 뭘 마시는 기분이 난다고 생각할 법도 하다. 브렉퍼스트 컵은 티컵 중에서도 큰 축에 속하고, 아침에 티보다 커피를 선호하는 이들은 간편하게 머그컵을 쓰는 경향이 있다. 그 정도는 마셔야 정신이 드는 기분이 된다. 아침에 들이붓는 카페인은 맛이나 기호의 영역이 아니다. 그것은 일종의 만병통치약, 자양강장제, 아니, 종교라고 불러야 하지 않을까. 일단 많이많이.

컵 이야기를 이렇게 열정적으로 늘어놓고야 말았다.

언젠가부터 나는 그릇을 사 모으기 시작했다. 개인적으로 스톤웨어를 좋아해서 무거운 스톤웨어를 많이 갖고 있는데, 10년쯤 뒤에는 모든 사람들이 가벼운 멜라민 그릇만 쓰는 거 아닐까 생각할 때가 있다. 육중한 그릇은 다루기 쉽지 않다. 혼자 살림이니 그나마 감당한다. 그러니 스톤웨어를 우겨가며 쓰는 중이다.

좋아하는 것을 쓸 수 있다, 아직은. 번거로움을 감수하고 작은 커피컵을 쓰면서 여러 번 커피를 따라 마시지만, 잉글리시 브렉퍼스트 티로 잠을 깨는 날에는 굳이 브렉퍼스트 컵을 꺼낸다. 번거롭고, 귀찮지만, 여력이 있을 때 하나하나 다 별개의 이벤트로 만들어 즐긴다. '하고 싶다'와 '할 수 있다'가 시간이 갈수록 줄어든다.

시간아, 가지 마.

아침에 잠을 깨는 카페인 공급책으로 커피가 익숙했는데, 오스트레일리아에 가서 '무슨 일이 있을 때는 차, 무슨 일이 없을 때는 차'를 마시는 영국 차 문화를 처음 접했다. 영국과 관련 있는 여러 나라들에서 잉글리시 브렉퍼스트를 먹어보면서(커피보다 차가 더 자연스럽게 식탁에 등장한다고 해야 할까.), 영연방 국가에 갈 때는 꼭 도착 첫날 마트에 들러 잉글리시 브렉퍼스트 티를 티백으로 한 상자 구입해 여행 기간 내에 전부 소진하곤 한다. 또한, 잉글리시 브렉퍼스트를 먹을 때는 잉글리시 브렉퍼스트 티에 우유를 타 함께 마시는 습관이 들었다.

우유를 섞기 '위해' 차를 진하게 우려낸다. 우유를 섞었기 때문인지 딱히 잠이 깨는 것 같지 않다. 그러면 한 잔 더 마신다. 잉글리시 브렉퍼스트 티에 우유를 탄 음료가 맛있다는 감각은 좀 복잡한 것 같다. 향이나 맛이 강한 특색이 있다기보다는 카페인을 염두에 두고 마시는데, 강하게 우려낸 뒤 우유를 더해 속쓰림을 방지하는 느낌이랄까. 내가 처음 이런 밀크티 마시는 법을 배웠을 때 민박집 아주머니는 설탕을 살벌하게 추가해 마시게 했었다. 지금은 우유 정도로 족하다. 큰 컵으로 밀크티 두 잔 마시면 속이 든든해지기도 한다.

영화 〈덩케르크〉를 보다가 웃을 대목도 아닌데 나도 모르게 깔깔 웃은 장면이 있다. 〈덩케르크〉는 제2차 세계대전 발발 직후였던 1940년 프랑스 덩케르크 지역에서 연합군을 구출하는 작전을 다뤘다. 이 작전이 실패했다면 영국군은 참전 이후 큰 어려움을 겪으며 고전했을 수도 있었고, 더 나쁘게는 연합군의 승리가 더 늦춰졌을 수도 있었다. 그만큼 중요한 갈림길로 이야기되는 사건이 바로 이 덩케르크 작전인데, 배를 가진 민간인들까지 대거 자원해서 죽을 위기에 처한 연합군을 구출하는 과정을 육해공을 넘나들며 영화에 담아냈다.

영화의 막바지에 이르면 마침내 영국의 품 안에

돌아온 병사들의 안도감이 느껴지는 장면들이 있는데, 병사들 사이로 주전자를 들고 다니는 사람들이 "차 마실래요? 차 있어요."라고 하자, 다들 보약이라도 되는 듯 컵을 들고 차를 마시는 것이었다. 그러니까 하늘에서 폭탄이 떨어지고 배가 불타며 가라앉는 상황에서 겨우 살아 돌아와 차 한잔을 마시며 '드디어 끝났다.'는 안도감을 느낀다고 해야 하나. 영국인에게 차란 무엇일까. 한국인에게 밥 같은 것일까? 모든 것을 밥에 비유하면 이해하기 쉬워진다. 일을 밥벌이라고 하고, 일을 깽판치는 것을 밥상을 엎는다고 하는 한민족에게 밥이 의미하는 그런? 우쥬 드링크 썸 티?

내가 확실히 아는 건, 영국 음식이 맛이 없네 약간은 있네 하는 말이 차에 곁들이는 음식에는 통용되지 않는다는 경험이다. 내가 영국에서 사 오는 먹거리는 온갖 종류의 카페인이 든 차와 카페인이 없는 차이며, 최소한 다섯 종의 쿠키들이다. 스코틀랜드 여행 중에 아무렇게나 들어간 작은 가게에서 먹은 레몬커드케이크는 큼직하기도 했거니와 맛도 좋아서 아침 겸 점심의 역할을 착실히 해냈다. 영국 여행 중 주말이 끼면 근처에서 열리는 주말시장에 가는데, 그곳에서는 언제나 쿠키 깡통에서 튀어나온 듯한 '맛있는 손'을 가진 노령의 여성이 'home-made'가 붙은 매대를 열고 쿠키와 케이크를 판다. 나는 언제나 파운드케이크를 사서 또 며칠간 아침에 먹는다. 집에 있었다면 정신없이 달려 나갔을 시간에 잉글리시 브렉퍼스트 티에 우유를 타 파운드케이크와 먹고 있으면 새로운 인간으로 태어난 기분이 든다. 물론 기분뿐으로, 집에 돌아오면 똑같은 삶으로 돌아간다.

올리비아 랭의 에세이 『강으로』를 보면 이런 영국의 아침식사 풍경이 등장한다. 올리비아 랭은 2009년 봄에 일자리를 잃고 연인과도 헤어져 힘든 시간을 겪던 중 우즈강을 찾아 마음을 추스르기로 한다. 우즈강은 버지니아 울프가 레너드 울프와 신혼생활을 했고 수많은 작품을 집필했으며 결국 몸을 던져 생을 마감한 장소다. 계절은 여름. 머릿속에 버지니아 울프의 작품들을 착실히 넣고 우즈강의 시원(始原)에서부터 도보 여행을 시작한다. 랭의 말에 따르면 우즈강에서 익사한 기록은 거의 없다고 한다. 버지니아 울프가 예외적인 사례였던 셈이다. 이 대목을 읽으며 마포대교에 적힌 자살 방지 문구들이 떠올랐다. 하지만 우즈강은 1264년, 인근 마을 위 언덕에서 치러진 루이스전투 때 시몽 드 몽포르 편에서서 헨리 3세에 대항해 싸우던 수많은 병사들이 햄지와 루이스 사이의 습지대로 도망쳤다가 빠져 죽은 곳이기도 하다. 이 강에서 익사한 사람들이 급증했던 모양이다. 올리비아 랭은 아침에 그 근처를 걸을 생각을 하다 빠져든 쪽잠에서 번쩍이는 쇠사슬 갑옷을 입고 물 아래 뒹구는 병사들의 시신을 본다.

그러다 퍼뜩 참새 소리에 잠을 깬 올리비아 랭은 "아마도 내 생애에서 가장 거한 아침식사"를 전부 먹어치운다. 시리얼, 과일 설탕절임, 프라이업(베이컨, 달걀프라이 등 기름에 지진 음식으로 된 식사), 커피. 보통 때 올리비아 랭이 아침식사로 먹은 음식은 귀리 비스킷 한 줌과 사과 정도다. 하지만 그런 도시인의 아침식사 말고 저 거창한 아침식사야말로 사랑과 일 모두로부터 떠나온 이에게 더 위안이 될 법한 메뉴 아니겠는가.

코난 도일 관련 책을 쓰느라 취재차 세 번째 런던에 갔을 때 외출 전 아침에 밀크티를 세 잔째 마시다가, 나가기는 귀찮고 밀크티는 맛있고… 그냥 뭉개고 있다는 것을 깨달은 적이 있다. 게다가 평범한 런던의 아침은 낮지 않은 확률로 으슬으슬 춥기 마련이다. 따뜻한 밀크티를 가득 채운 머그컵을 양손에 쥐고 식탁에 앉아 있으면 무서울 것이 없어진다. 아, 우유를 타야 컵을 손바닥으로 감싸쥘 수 있다. 우유는 우유인 동시에, 지나치게 뜨거운 차 온도를 낮추는 역할을 한다. 물론 한중일의 차를 우릴 때처럼 숙우를 써서 조금씩 우려 마셔도 온도는 낮출 수 있지만….

아, 이런. 내가 또 그릇 이야기를 시작해버렸네.

아침의 가장 사랑하는

아침잠 중독

제주도 '소심한 책방'에서 『처음부터 잘 쓰는 사람은 없습니다』와 관련한 토크 행사가 있었다. 그 근처 가까운 숙소를 제공받았는데, 카라반을 개조해 숙소로 만든 방에는 우리 집에도 없는 월풀 욕조와 소파, TV가 있었다. 북토크 행사를 마친 뒤 제주도에서 지내는 허은실 시인과 제철 방어에 한라산 소주를 곁들인 수다를 떨고 숙소로 혼자 돌아오는데, 그제야 제주에 온 실감이 났다. 낮에 본 바다보다 강렬해진 풍경. 밤하늘의 별, 드문드문 선 가로등, 가로등이 없는 곳의 암흑. 극장에서는 너무 환해서 얼른 끄곤 했던 스마트폰의 플래시가 아무것도 없는 밤길에 오니 저 멀리 뜬 반달만도 못했다. 분명 낮에 걸은 길인데 무서울 정도로 어둡고 낯설었다. 숙소 주변의 불이 다 꺼진 시간이 되어서 다시 별을 보러 나가고 싶었는데, 몇 발짝 걷다가 포기. 숙소 안에서는 바람 소리가 제법 크게 들렸다.

내일은 일요일. 아침부터의 일정은 없다. 아침 산책은 하면 좋고 아니면 말자. 그러고는 누웠다. 알람을 맞추지 않고.

알람을 맞추지 않고 잠들면 대체로 일곱 시간쯤

지나 깬다. 그때 일어난다는 뜻은 아니다. 아마 내 몸이 원하는 최적의 수면 시간은 일곱 시간에서 여덟 시간 사이인 듯한데, 그렇게 자고 눈을 뜨면 억울한 마음이 든다. 무엇에 대해? 그건 나도 모르니까 묻지 말아주시길. 숙소에서 제공하는 아침식사를 먹어야 하는데, 매트리스에서 올라오는 뜨뜻함을 느끼며 갈등한다.

잠이냐, 아침이냐.

고백하건대 내가 가장 좋아하는 아침식사는 잠이다.

가족여행(최근 몇 년간은 1년에 다섯 번 정도 다녀왔다.)을 가면 거의 항상 아침 7시 조식 일정부터 시작하는데, 혼자 있을 땐 여간하면 아침식사를 건너뛰고 잠을 잔다. 세상에 잠만큼 맛있는 건 없다. 수면과 식사는 인간의 건강에 중요한 요소이며, 개인의 행복 증진에도 없어선 안 된다. 그런데 수면과 식사가 정면충돌하는 격돌의 순간이 있으니 바로 아침식사다. 어렸을 때는 나를 깨우는 식구들과 얼마나 싸

웠던지. 싸웠다고 말하기도 우습지만, “응, 나갈게.” 라고 한 뒤에 다시 자기를 반복해, 모든 가족들이 한 번씩 와서 말하다가 지쳐 호통을 치거나 이불을 빼앗거나 해야 겨우 움직이는.

왜 잠은 밤보다 아침에 더 달아요? 아침잠은 왜 이렇게 맛있어요?

인간의 생애 주기에 따라 아침식사라는 단어는 다른 풍경을 그리는 듯하다. 가족이 나를 깨운다. 내가 가족을 깨운다. (성인이 되어 알게 되었는데, 한평생 아침식사를 먹으라며 다른 누군가를 깨워본 적 없는 남자들이 너무 많더라.) 내가 밥을 한다. 누군가가 차려준 밥을 먹는다. (앞의 괄호를 다시 한번 반복할 수 있는 대목이다.) 갓난아기가 있는 집에서는 아기의 아침식사를 위해 어머니가 일어나 앉아야 한다. 그런데 모유수유는 누구에게나 가능한 일은 아니다. (이 역시 성인이 되고 나서야 알았다.) 모유수유가 어렵거나 모유수유를 그만두었다면 아기를 위한 식사는 성인의 것과 완전히 별개로 준비해야 한다.

이 모든 일은 잠과의 싸움으로부터 시작한다. 먹을 것인가 말 것인가 그것이 문제로다. 현대인은 가뜩이나 잠이 부족하니까, 잠을 어떻게든 해결해야 한다. 먹는 일은 언제나 '그다음'이다. 자고 있는 동안은 잠이 더 맛있다. 무조건 무조건이야.

잠을 얻었으니까 아침밥은 포기할 수 있다. 그런 마음으로 잠을 잤으나 학교에 가면 배가 고프니 아침자율학습 끝나고 도시락을 먹었다. 아침밥을 집에서 먹었어도 학교만 가면 배가 고팠다. 아침자율학습 전이든 후든, 도시락을 먹은 다음에 식곤증을 만끽하며 꾸벅꾸벅 졸았다. 점심시간 종이 울리면 지하 1층 매점까지 제일 빨리 달려가는 사람이 나야 나! 근데 요즘 학생들은 급식을 하잖아요? 그러면 대체 까먹을 도시락 없이 어떻게들 지내요?

점심시간에 도시락을 먹으면 아무리 보온통에 밥을 가져와도 꽤 식어 있는 상태가 되는데, 아침에 먹으면 따뜻한 상태로 먹을 수 있답니다? 도시락을 싸주신 외할머니의 사랑을 느끼며! 외할머니의 사랑이 식으면 안 돼! 먹는 데도 진정성이 필요하다! 아버지가 도시락을 싸는 날은 100%의 확률로 달걀프라이를 밥 위에 얹어주는데(아버지표 도시락의 인장 같은 것이었다.), 그런 날 점심에 밥을 먹으면 달걀프라이가 다소 단단해져 있다. 온기가 남아 따뜻하고 부드러운 때 먹어야 달걀요리다. (아무 말을 하고 있지만, 무슨 핑계를 대서라도 점심도시락을 아침에 먹고 싶었다.) 모범생인 친구들은 착실하게 밥때를 기다렸지만, 나는 모범생도 날라리도 아니었고 그냥 밥 먹는 게 좋았다.

점심으로 매점에서 먹는 라면을 좋아하기도 했으니, 점심에 라면을 먹으려면 도시락은 아침에 먹어야 하지 않을까?

"얘들아, 몸에 좋은 것도 아닌데 라면 좀 그만 사 먹어."

"선생님! 집에서 라면을 끓여 먹으면 학교에서 먹는 맛이 안 나요!"

"먹기 전에 공부 네 시간 하고 5분 동안 뛰어서 동네 한 바퀴 돌고 집에 가서 밥 먹어."

과연 큰 교육자. 공복만 한 반찬이 없음을 깨우쳐주신 분. 점심도시락을 매일 아침 까먹지는 않았다. 말하자면 그런 날도 있었다는 것이지. 때로는 체육수업이 끝나고 도시락을 먹기도 했다. 그러고 나면 교실에 들어오던 선생님들이 코 앞으로 손을 휘

젓곤 했다. “누가 도시락 까먹었어?” 선생님도 배가 고프신 걸까? 그게 왜 궁금하다는 거야? 되게 웃긴다, 그치. 밥을 먹은 사람 코에는 안 맡아지는 밥 냄새가, 교실에 막 들어온 사람 코에는 선명하게 감지되는 법이다. 생물 시간에 배웠다.

이런 추억을 떠올리며 전날 사다 둔 주전부리를 또 주섬주섬 먹는 아침이다. 회사원은 아무 때나 자리에서 도시락을 까먹기 어렵다. 회사원들은 점심시간이 되어서야 살아난다. 그전까지는 ‘리빙 데드’라고 부르자.

밥이 안 먹히는 새벽형 인간

『이런 나라도 즐겁고 싶다』를 읽다가

오지은 선생님께.

안녕하세요. 저는 지금 오지은 선생님이 타이베이에서 사다준 펑리수를 먹으며 이 글을 쓰고 있어요. 곁들인 것은 방콕에서 사 온 벨프룻 차입니다. 지금은 오후 4시가 되어가지만, 약간 아침 같은 기분이라서요. 선생님의 책 『이런 나라도 즐겁고 싶다』(전국 서점에서 절찬리 판매중)을 다시 펴 읽는 참입니다. 저는 조식에 대한 책을 한 권 쓰는 중인데, 선생님 책에 등장한 조식 이야기가 생각나 다시 읽다가 편지를 써요. 선생님이 『이런 나라도 즐겁고 싶다』를 팟캐스트로 만들었을 때도 이 에피소드가 맨 처음이었잖아요? 충분히 그럴 만한 이야기라고 생각합니다.

"아침 입맛에도 맛있는 거면 정말 맛있는 거다." 오스트리아 여행에 대한 아침식사 이야기를 읽다가 반은 공감하고 반은 웃어버렸어요. 일단, 저도 아침잠이 안 깨면 입맛이 없습니다. 아침을 먹으라는 말에 짜증을 낸 적도 적지 않아요. 내가! 먹기! 싫다고! 하잖아! 정신이 들고 생각하면 그럴 일이 아니었는데도, 이런 어른식 잠투정(어린이들은 자기 싫다고 잠투정을 하지만 어른들은 깨기 싫어서 분노를 폭발시키니까요.)은 대체로 혼자 있을 때는 굶는 쪽으로 정리되지요. 하지만 여행을 갈 때는, 심지어 일행이 있을 때는 같은 일일 수 없다는 생각이 들어요. 아니, 일행이 없을 때도 아침에 부지런해지는 게 여행입니다.

저는 여행을 갈 때면 아침식사에 유독 열광적이 됩니다. 왜 이렇게 유난을 떠는지 모르겠어요. 하지만 애초에 왜 이렇게 유난하게 여행을 다녀야 하는지도 모르겠는걸요. 선생님과 이야기를 할 때면 이런 공감대가 늘 사이에 있었던 듯해요.

아침을 먹을 조식당을 찾아다니는 일도 있지만, 아침으로 먹을 무언가를 전날 밤에 사 오는 일도 많아요. 기분장애가 있는 사람이 되어 혼자 실실거리며 문 닫기 전의 백화점 지하를 털어 오거나, 편의점에 가서 달걀샌드위치를 사다 두곤 해요. 오전 체크아웃을 하고 공항에 가야 하는 날이면 손도 못 댄 아침거리가 냉장고 안에 그대로 들어 있다는 사실을 공항 가는 차편 안에서 깨닫고 울고 싶어질 때도 있습니다.

아침 입맛에도 맛있으면 정말 맛있는 거라는 말은, 역시 여행지에서 적용되는 말이라는 생각이 들어요. 집에서도 맛을 느낄 혀가 있기는 한데, 잠에서 깨기가 어렵습니다. 〈익숙한 새벽 세시〉라는 선생님의 노래, 그리고 동명의 책을 읽으며 역시 인생은 밤인가, 밤에, 새벽에, 우리는 잠들지 않고 깨어 무언가 하고 있지 않은가 생각하기도 했어요. 그런데 나이를 먹으니 이제 아침을 살 줄 아는 사람이 되어야겠다는 생각에 갑자기 분주해집니다. (마음이 분주할 뿐으로 밤 12시 전에 잠들기는 여전히 쉽지 않습니다.)

선거 구호로 등장했던 "저녁이 있는 삶"이라는 표현이 생각납니다. 나이를 먹으면서 정작 중해지는 것은 "아침이 있는 삶" 혹은 "아침을 컨트롤할 수 있는 삶"이 아닐까 생각해요. 외할머니와 아버지가 "나이를 먹으니 아침잠이 없어진다."며 새벽 일찍 깨어 있던 모습을 종종 생각합니다. 지금은 약간씩 알겠어요. 아침잠이 없어진다기보다는 통잠을 자기 어려워진다는 것을요. 밤새워 놀거나 일한 뒤에 누우면 밥 먹으라고 깨울 때까지 열두 시간이나 열네 시간씩은 거뜬히 잤던 때가 분명 있었는데, 이제는 아무리 피곤해도 일고여덟 시간이면 깨더라고요. 배고파서 깨고, 화장실 가고 싶어서 깨고, 어떤 때는 세 시간 자고 깨고 또 자고 할 때도 있으니까요. '익숙한 새벽 3시'를 눈뜨고 맞이할 때는 이미 아침에 일어날 일을 공포 속에 되새기는 중이고요. 나이를 더 먹으면 낮에도 피곤하고 밤에도 피곤하고 아침에는 그냥 일찍 일어나지는 것일까요? 궁금하고 신기한 일입니다.

종종 오지은 선생님이나 저 둘 중 하나가 여행 중이라서(두 사람 모두 누구에게도 말하지 않고 어딘가에 가 있는 일이 종종 있어서) 메신저로 대화를 나누다가 "저 사실은…"이라며 집 밖에 있음을 고백할 때가 있었는데요. 그냥 침대에 누워서 천장을 보며 삶을 돌아보는 일이 고작이라 하더라도, 견디기 어려운 기분이 들 때 무엇이든 해보려고 노력했다는 작은 성취를 위해 어디론가 떠났던 시간들이 있었어요. 아마 우리 두 사람이 함께 여행을 간다면 어디가 되었든 아침을 같이 먹을 것 같지는 않지만….

아니, 아침을 먹게 될까요? 어쩌면 부산이나 강릉, 속초 같은 곳에서? 제주도 바닷가의 어딘가도 가능할지 모르겠어요. 아침에 일어나주실 건가요? 한국인은 부지런하다 못해 여행도 극기훈련처럼 한다고 하죠. 패키지 여행을 가면 무조건 하루 시작은 새벽 6시 30분부터라고요! 저는 동생과 여행을 다닐 때 극기훈련에 뒤처지는 조직원이 되지 않기 위해 커피도 자제하곤 한답니다. 하지만 오지은 선생님과 함께라면 아침이 있는 여행을 할 수 있을까요?

'익숙한 새벽 3시'라는 표현을 저는 몹시 사랑하지만, 이제는 익숙한 아침 7시가 되었으면 하는 나이 든 보통 사람이 되어가고 있어요. 설레는 아침을 맞는 법에 대해서라면 가장 부적절한 조언자가 바로 오지은 선생님이겠지만, 아마도 그래서 아침이 진짜 대단한 시간일 수 있다면 그것 역시 오지은 선생님이 발견해주실 때일 거야. 그런 생각을 하며 노래 〈익숙한 새벽 세시〉를 듣습니다.

전화기를 전부 뒤져봐도 딱히 보고 싶은 사람도 없지만

내가 생각해도 이상한, 지금 누구라도 보고 싶어.

—〈익숙한 새벽 세시〉 중에서

다음번에는 조찬 회동을 해보아요.
어느 도시에서라도 좋아요.

이다혜 드림

만만한 중독

길거리 토스트와 학원가의 맥모닝

규칙적인 생활을 하면 습관을 만들 수 있다고 한다. 아니, 습관을 만들고자 하면 100일 정도는 원하는 루틴을 반복하라고 한다. 아침에 일찍 일어나는 일을 100일 할 것, 일주일 3회 운동을 100일 할 것, 영어 방송 듣기를 매일 10분씩 100일 할 것. 나는 거의 모든 것을 책을 통해 배우는 인간이기 때문에 나태한 나 자신을 채찍질하기 위해 부단한 독서를 해 알게 되었는데, '미루지 않는 사람 되기' '습관 고치기'와 관련된 책들은 늘 저런 말을 한다. 목표를 높게 잡지 말고 하나씩 차근차근, 100일만.

문제는 나라는 사람에 있다는 생각을 지금껏 40년간 하는 중이다. 내가 나 자신을 더 나은 인간으로 만들어보고자 해온 노력의 결과는 실패의 반복이었다. 나태한 사람이 어떻게 회사도 다니고 책도 쓰는가 질문하는 분을 위해 말하자면, 이런 일이 가능한 이유는 부지런해서가 아니라 생활이 불균형하기 때문이다. 급한 불을 꺼야 할 때는 아침에 눈을 뜨자마자 원고를 쓰기 시작하는데, 아침밥은 고사하고 물 한잔 못 마시고 원고 끝날 때까지 앉아 있는다. 이렇게 살기가 싫어서 나는 오늘도 습관 만드는 법에 대한 책을 읽는다. 지난주에는 시간 조절하는 법에 대한 책을 새로 샀는데, 시간이 없어서 아직 읽지를 못했다.

나의 영원한 목표는 그래서, 규칙적으로 살기다. 내가 가장 부러워하는 사람은, 일과를 정한 대로 지키는 세상의 모든 이들이다. 그 첫 번째는 늘 기상 시간과 관련되어 있다.

나는 직장생활을 한 20여 년의 대부분을 주간지를 만드는 데 보내왔다. (몇 년은 월간지와 격주간지를 만들었다.) 내가 입사했던 때는 금요일 아침 9시에 출근을 하면 토요일 낮 12시를 넘겨 퇴근하곤 했다. 지금은 최종마감일이 하루 앞당겨져서 토요일에 일하지도 않고, 전처럼 살인적인 일정으로 마감을 하지는 않지만, 여전히 퇴근은 밤 11시, 12시다. 일찍 자고 일찍 일어나는 새나라의 어른이가 되고 싶어도, 회사 마감 한 번으로 모든 게 물거품이 된다. 회사 동료들 모두 비슷하다. 운동을 빼먹지 않고 다닌다 싶으면 전주국제영화제, 부천국제판타스틱영화제, 부산국제영화제가 순서대로 일상을 쓸고 지나가고,

어느새 '운동을 하긴 해야 하는데…'라는 한탄형 인간으로 돌아와 있다.

밤 11시, 12시에라도 퇴근해 바로 잠을 자면 좋은데, 신경을 곤두세우고 마감을 마치고 나면 머리가 잠들지 못하는 상태로 몇 시간이 간다. 전에는 새벽 5시에 퇴근해서도 잠이 올 때까지 밀린 드라마를 보곤 했을 정도로 뇌의 각성이 쉽게 꺼지지 않았다.

피곤한 나날이 이어지면, 아침식사로 오이 한 개에 당근 반 개 같은 생각은 들지 않는다. 탄수화물이 필요하고, 이왕이면 달콤했으면 좋겠다. 나에게 최적의 솔루션은 길거리 토스트였다.

길거리 토스트는 대학교 다닐 때 처음 먹었다. 내가 다니던 학교는 지하철역에서 학교까지 10분이 걸렸는데, '승강장에서 강의실까지 전력으로 뛰면 10분 내에 갈 수 있을까?'를 머릿속에서 반복훈련(?)하며 지하철 문 앞에서 발을 동동 굴렀지만, 누가 봐도 '이미' 지각한 지하철에 같은 수업을 듣는 친구들과 타고 있을 때는 종종 역 앞 노점에서 파는 토스트를 사 먹었다. 내가 이 토스트를 얼마나 좋아했냐 하면 집에서 그대로 따라 만들어 먹은 적도 있을 정도다.

노점의 레시피는 다음과 같다. 달걀을 푼다. 당근, 양배추 등 원하는 채소를 아주 잘게 칼질해서 달걀에 섞는다. 빵 하나 크기로 채소달걀을 부쳐낸다. 마가린(버터 안 됨)에 빵을 앞뒤 노릇하게 구운 뒤, 채소달걀부침을 얹고 설탕을 한번 뿌리고 (ㅋㅋㅋ) 케첩으로 마무리한다. 조리법을 쓰면서도 웃음이 나는데, 와 정말 건강에는 전혀 도움이 되지 않을 것 같은 음식 아닌가. 내가 조리할 때는 설탕은 아예 쓰지 않았다. 나 혼자 살면서는 애초에 설탕을 사놓지도 않았다. 그런데 눈에 보이게 설탕을 뿌리는 일은 오로지 길거리 토스트를 먹을 때뿐이다. 아침에 이 토스트를 먹는 일이 얼마나 각별했는지, 지각이 확실해지면 같이 토스트 사 먹을 친구가 지하철에 없나 찾아본 적도 있었다.

오랫동안 길거리 토스트를 먹지 않다가, 집 근처 지하철역에서 노점을 발견했다. 10년도 더 전에 발견했는데, 아침에만 영업을 해서 먹을 수가 없었다. 게다가 토스트를 먹자고 아침에 일찍 일어나서 옷을 챙겨입고 현금을 마련해서(카드 불가) 지하철

역까지 간다고? 그런데 그 일이 일어난 것이다. 이런 때는 쓸데없이 부지런한 나는 어느 날 아침, 문제의 노점을 향했다. 토요일 아침 8시.

노점의 사장님은 나보다 열댓 살 많아 보이는 여성분이었다. 월요일부터 금요일까지는 지하철역 근처 골목에서 장사를 하시는데, 토요일은 지하철역 출구 바로 앞에서 장사를 하신다고 했다. 영업시간은 새벽 4시부터 오전 10시나 11시까지. 그리고 몇 년 지나 나는 노점 가까이로 이사를 했다. 토스트를 먹기 위해 이사한 것은 아니었지만.

회사 마감 다음 날 아침 9시쯤, 출근하는 사람들 사이에서 피곤으로 퉁퉁 부은 얼굴을 하고 그 노점에 가곤 했다. 우리 집 골목 어귀의 오른쪽과 왼쪽을 오가며 장사하시는 걸 보면, 그 근처 가게 주인들이 바뀌는 데 따라 영업에 부침이 있는 모양이었다. 하루종일 장사하지 않고 오전 11시 전에 마무리하는 것도 그래서였다. 햄치즈토스트를 주문하고 만들어지기를 기다리고 있자면 근처 가게의 여자 사장님들이 커피를 사 마시러 들르는 모습을 볼 때도 있었다. 그런 노점에서는 베지밀, 다방커피 같은 걸 같이 파니까.

맛도 맛이지만, 나는 그 노점 사장님의 깔끔함을 좋아했던 것 같다. 노점의 모든 물건은 언제나 제자리에 놓여 있었고, 잘 닦여 있었다. 사람들이 오면 늘 말을 잘 받아주시는 동시에, 보통 주문하고 계산할 때가 아니면 한마디도 하지 않는 나에게는 굳이 말을 걸지 않으셨다. 월요일부터 토요일까지, 아주 춥거나 비가 내리거나 할 때도 노점은 쉬지 않고 열렸다.

사장님이 나를 기억한 것은 놀랄 일도 아닐 것이다. 나는 그 노점의 새벽 손님들처럼 취객이 아니었고, 새벽같은 시간에 출근하는 회사원도 아니었고, 그 근처 가게 사람도 아니었다. 정체를 알 수 없는, 금요일이면 종종 출몰하는 자다 깬 사람이었다. 사장님은 나에게 설탕과 케첩을 넣는 전통적인 레시피 말고 설탕만 살짝 뿌려도 맛있다고 제안했는데, 그 이후로 나는 그렇게 먹었다. 내가 가면 "설탕만 조금 뿌릴까요?"라고 물으시던 일이 기억난다. 이 노점으로 말하면 길거리 토스트 중에도 특히 맛이 좋은 곳이었고, 내가 토스트를 사려고 기다리고 있으면 꼭 두어 명 손님이 와서 주문하는 모습을 볼 수 있었다.

어느 날 한밤중인 1시에 퇴근하는데 노점이 열려 있었다. 나는 놀란 동시에 반가워서 토스트를 사 먹으며 왜 이렇게 일찍 나오셨냐고 물었는데, 12시에서 1시 사이에 일을 시작하기로 했다는 답이 돌아왔다. 근처에 토스트 체인점이 생겼다. 그 결과 카드 결제가 되지 않는 노점은 조금은 어려움을 겪었고 변화를 시도했다. 원래는 쿠킹포일에 싸주던 토스트를 토스트 체인점 같은 코팅종이에 싸기 시작한 것이다. 12시에서 1시의 토스트 노점은 취객 상대 장사였다. 다들 학교 다닐 때 토스트 먹던 기억을 크게 얘기하면서 주문을 하고 뒤늦게 현금이 없는 걸 깨닫고 그런 모습을, 나는 마감 끝난 퇴근길에 마주치곤 했다.

몇 년간 단골이기는 했지만 한 달에 두어 번 먹는 정도였던 내가 사장님하고 제일 길게 대화한 날이 있었다. 그날은 손님이 나 하나였다. 반복에 익숙한 손길로 철판에 마가린 덩어리를 원형으로 두른 뒤 빵을 얹은 사장님은, "손님은 혼자 살아요?" 하고 물었다. 나는 그렇다고 대답했다. "요즘에는 다들 혼자 살고 싶고 그렇죠?"라고 다시 질문이 돌아왔는데, 나는 무슨 말인지 몰라서 잠깐 머뭇거렸다. "우리 딸이 이제 서른몇인데 혼자 나가 살고 싶다고 해서…."라는 말이 이어졌다. 나는 몇 마디 보탰다. 저도 혼자 살면서 마음이 편해졌는데, 친구들을 보면 분가한 뒤에 부모님하고 관계가 더 좋아지는 일도 많더라고, 너무 걱정하실 필요 없고 혼자서도 잘 산다고. 한숨을 쉬며 들으시는 걸 보면 속사정이 있는 모양이었지만, 다른 손님이 주문을 했고 내 토스트는 완성이 되었고 나는 까만 비닐봉지를 흔들며 집으로 돌아왔다.

그러고 한 번인가 더 간 뒤로 노점이 사라졌다. 연락처를 주고받은 사이도 아니니 일을 그만두신 건지, 무슨 일이 생긴 건지, 다른 곳으로 옮기신 건지 알 도리가 없다. 나는 그냥 모르는 채로 어리둥절해하며 두리번거린다. 가끔 마감 이튿날 침대에 누워 아침 먹을 궁리를 할 때면, 노점 사장님은 잘 계실까 생각한다. 그리고 나는 별 어려움 없이 체인점 토스트 맛에 적응했다. 아, 노점의 리어카를 대놓던 주차장 얘기도 해야겠다. 거기는 몇 달 만에 신축 건물이 올라갔다. 이것은 아마도 동네가 좋아지는 수순일 것이다.

길거리 토스트와 유사한 중독 증상을 일으키는 아침으로는 맥모닝이 있다. 나는 오랫동안 규칙적이고 부지런한 사람이 될 수 있을지도 모른다는 기대를 버리지 않고 살고 있는데, 그래서 많이 시도하고 실패하기를 반복했던 일이 학원 새벽반이었다. 나는 일본어를 새벽반에서 배웠는데, 6시 30분에 시작해서 8시 10분에 끝나는 수업이었다. 아버지가 출근길에 나를 태워 학원 앞에 내려줬는데, 아마 이때가 성인이 된 뒤 아버지랑 대화라는 걸 가장 많이 한 때였을 것이다.

나의 취미도 아버지의 취미도 음악 감상을 빼놓을 수 없었는데, 내 CD를 아버지가 듣고 만든 '베스트 곡 테이프'와 아버지 CD를 내가 듣고 만든 '베스트 곡 테이프'를 비교하는 일이 재미있었다. 예를 들어 앨라니스 모리셋 데뷔 앨범 《Jagged Little Pill》

에서 나는 〈Head Over Feet〉 〈Hand In My Pocket〉을, 아버지는 〈All I Really Want〉를 좋아하는 식이었다. 아버지의 음반 중에서 나도 열광한 뮤지션은 폴 사이먼이었는데, 나는 《Still Crazy After All These Years》를, 아버지는 《You Can Call Me Al》을 좋아하는 식이었다. 곡목은 정확한지 모르겠다. 이 앨범들을 같이 듣고 서로 다른 곡을 뽑아 베스트 테이프를 만든 건 사실이지만. 어머니는 따로 테이프를 만들지 않고 집에서 아버지와 나의 CD를 돌려가며 플레이했는데, 집에서 보내는 늦은 아침 시간이면 거실에서 흘러나오는 에밀루 해리스를 자주 들을 수 있었다. 어쨌든 나는 아버지가 내 음반에서 완전히 다른 곡으로 조합한 그 테이프를 꽤 신기하게 듣곤 했다. 이 모든 것은 20세기의 일이다.

6시 30분에 학원에 가서 수업을 듣는 일은 거의 고행에 가까웠는데, 그래도 6개월은 넘게 했다. 아침 8시 10분에 학원 수업을 마치고 학교에 가는 날이 있었고, 맥모닝을 먹고 학교에 가는 날이 있었다. 체인점에서 한 시간 정도 시간을 때우는 일은 크게 눈치가 보이지 않는 일이어서 9시 수업이 없는 날은 종종 그렇게 아침을 보낸 기억이 난다. 학원 아침반 사람들은 수강 뒷풀이나 모임을 할 때도 맥모닝을 먹으면서 했는걸. 그 시간의 종로 맥도날드는 나 같은 수강생들이 한가득이다. 다들 학원 교재를 펴놓고 눈을 책에 고정한 채 우걱우걱 혼자 아침을 먹고 있다. 나도 그 풍경의 일부가 되었다.

따뜻한 탄수화물을 배 속에 넣는다는 일 자체가 주는 안도감이 있다.

탄수화물 중독이겠지.

조식의 품격

호텔 조식

호텔 조식 수준은 호텔 숙박비에 비례하는 편이다. 하지만 대개의 경우 아무리 좋은 호텔이라 한들 조식에 산해진미를 갖춰놔도 숙박객들의 피곤한 정도에 따라 해장 음식에 머물거나 샐러드 바 정도로 인식되곤 한다. 그런 와중에도 오랫동안 기억하게 되는 호텔 조식들이 있었으니, 이런 호텔의 공통점은 커피와 빵, 달걀요리가 아주 맛있으며 과일이 신선하다는 데 있었다. 서울에서는 소공동의 웨스틴 조선이 그런 경우인데, 아침이 포함된 패키지로 숙박하는 경우는 아침을 먹고 다시 자는 한이 있더라도 반드시 찾아 먹는 편이다. 아니, 뭐 대단한 게 있는 건 아니다. 다만 손님 입장에서 신경 쓸 일 없게 하는 서비스와 기본에 충실한 음식이 있다. 많이 먹지 않더라도, 느긋하게 앉아서 하루를 시작하는 데 의의가 있다.

부티크 호텔의 부산스러운 친절함이나 새로 지은 최고급 호텔의 얼얼한 화려함은 돈만 있다면야 마다할 이유가 없지만, 이상하게도 조식이 기억에 남는 곳들은 다 오래된 호텔들이다. 그 이유가 무엇일까.

조식에는 '시그니처'라 불리는 요리가 따로 없다. 어디에서나 비슷한 재료에 비슷한 요리로 승부를 본다. 그런데도 차이가 난다. 홍콩의 페닌술라 호텔 조식 역시 인상에 남았는데, 처음에 둘러보니 가짓수가 몇 안 되는 것 같아 실망하고 식사를 시작했다가 깊게 반성한 일이 있었다. 깊게 반성한다니 웃긴 노릇이지만 정말 그랬다. 조식은 가짓수가 많다고 되는 게 아니다. 어차피 많이 먹지 않는다. 높은 천장을 가득 채운 아침 햇살과 널따란 실내, 서비스하는 사람을 찾아 두리번거릴 필요 없이 제때 제공되는 차와 커피 같은 것들이 주는 값비싼 편안함에 더해, 지나치지도 부족하지도 않으면서 음식마다 풍미가 좋다는 점이 느긋한 아침을 가능하게 했다. 뭘 먹어서 이렇게 기분이 좋아졌지? 커피, 크루아상, 오믈렛, 요구르트, 딸기와 멜론. 이거 다른 곳에서도 먹는 거 아닌가?

이와 비슷한 경험은 이탈리아의 호텔들에서도 낯설지 않았다. 홍콩의 페닌술라 같은 경우는 애초에 기대가 클 수밖에 없는 가격을 자랑하지만, 이탈리아에서는 특별히 좋아 보이지 않는 호텔의 조식당에서 할렐루야를 외칠 때가 있다. 아침이 기다려질 정도다. 설마 아무데서나 먹어도 맛있을까 했는데, 실망한 적은 없다. 무더운 이탈리아의 여름에는 아이스 아메리카노가 있다면 더 완벽한 나라가 될 거라며 일행들과 "아이스 아메리카노 사업을 하자."고 한 적도 있는데, 선선하면서 태양이 기온을 막 올리는 아침시간에는 에스프레소와 크루아상을 기본으로 뭘 더해 먹어도 그냥 기분이 좋아진다. 처음 로마에 갔을 때 머물렀던 우나 호텔 조식이 그랬고, 피렌체의 동네 카페들이 다 그러더니, 나중에 로마를 떠날 때 로마 공항에 붙어 있는 힐튼가든 호텔도 맛있었다. '왜야! 왜! 너희들은 왜 이렇게 맛이 좋니!'라고 내적 비명을 지르며 먹었다.

앞서 언급한 웨스틴 조선이나 홍콩 페닌술라와 비교하면 이탈리아의 여기저기는 딱히 친절하지도 않다. 혼자 감동한 내가 "커피 정말 맛있다. 빵도 맛있고. 아침 정말 멋졌어."라고 말하면 직원이 '훗' 하는 표정을 짓곤 하는데, '기본에 충실하다'는 말의 참뜻을 그때 배웠다. 기본에 충실하다는 말은 욕 먹지 않을 만큼만 한다는 뜻이 아니라, 기본이 매우 뛰어나다는 뜻이다. 기본만 갖다대도 감동을 주어야 기본에 충실하다는 평가가 가능해진다. '국영수를 중심으로 예습복습 철저히'라는 말이 사실 성적이 뛰어난 사람들의 공부 비법인 걸 보면 말이다.

엉덩이와 함께 아침을

기본이란 무엇인가

앞서 비싸고 유명한 호텔의 조식이 좋다는 말을 했는데, 이것은 그 글을 읽으며 원래 그런 거라고 흥칫핏을 날린 분을 위한 부연 설명이다.

영국 음식이 맛없다고 하면, 영국에서 오래 지낸 분이나 특히 영국에서 요리 관련 공부를 한 분들이 분개할 때가 심심찮게 있다. 이런 저항의 말을 여러 차례 들은바, 그 반대 의견은 다음과 같다. 첫째, 런던에는 세계적으로 유명한 식당들이 많이 있다. 좋은 음식을 먹어보지 못해서 하는 말이다. 둘째, 편견을 갖고 있어서 그런 말에 쉽게 현혹되지만, 사실 가보면 맛있는 음식도 많다.

그에 대한 나의 반론은 이렇다. 런던의 세계적으로 유명하다는 식당 전부는 아니어도 일부는 가봤고, 맛있었다. 다만 비슷한 예산이라면 다른 도시에서도 그 정도 음식은 먹어봤다. 게다가 어떤 도시의 음식이 맛있다고 할 때 그 기준은 최고 수준의 레스토랑들을 견주는 데도 있지만, 같은 '적은' 예산 내에서 식사를 해결할 때라면 앞서 언급한 이탈리아의 아침식사와 영국의 아침식사는 별로 비교하고 싶은 기분이 들지 않을 때가 많았다. 아시아 국가들의 아침식사와 비교하면 더하다. 홍콩에는 오로지 조식만 먹어야 한다 해도 좋을 정도로 싸고 맛있는 아침식사 가능 식당이 발에 차일 정도로 많다. 점심식사와 저녁식사도 대동소이하다. 나는 런던을 여러 번 가게 되면서부터는 아예 음식 조리가 가능한 숙소를 빌리거나, 차라리 서울에서 컵라면을 여러 개 챙겨 가기도 했다. 파리와 런던을 묶어서 여행했던 몇 번의 경험 역시, 파리에서는 돈 쓴 보람을 느꼈고 런던에서는 돈을 써서 경험을 해보자고 한 사람을 욕했다. 둘째, 나는 런던에 대한 다른 모든 면을 긍정하는데 유독 먹는 문제로 가면 할 말이 없다고 느끼는 쪽이다. 그리고 그 느낌은 숱한 경험으로부터 출발한 것이다.

아니, 다 떠나서 나는 런던에서 불쾌한 경험을 한 적이 있다. 일 때문에 굳이, 혼자 숙박한 호텔 최고액을 갱신하면서까지 머물렀던 호텔에서 조식을 먹다 생긴 일이었다.

런던에서 인종차별을 경험한 적이 있나? 나는 있다. 다섯 손가락은 금방 접을 정도의 사건사고가 있었지만, 아침식사를 한 식당에서의 문제는 그중 최악이었다. 이 호텔은 런던에서도 가장 유서 깊은 호텔 중 하나였다. 나는 단행본에 필요한 취재를 하기 위해서 문제의 호텔에서 하루를 묵고 호텔 내 특정 식당을 가야 했다. 그나마 예산이 적게 드는 아침식사를 하기로 정했다. 1박 2일, 식사 한 번에 든 비용이 꽤 컸지만, 한편으로는 기대도 있었다. 런던에서 그 정도의 돈을 투자해서 숙박과 식사를 한 적이 없었기 때문이다. 이름만 들어본, 박물관 같은 숙소에서 머문다는 즐거움도 있었다. 실제로 호텔은 정말 아름다웠다. 건물이, 그 위치가, 실내의 모든 요소가 다 굉장했다. 호텔 내부에 걸려 있는 그림들을 구경하는 것만으로도 기분이 좋았다. 방은 넓지도 않고 심지어 안뜰 전망이었지만, 부족한 건 없었다. 그리고 문제의 조식 시간이 되었다.

런던 일정 마지막이었음에도 나는 시차 적응에 실패하고 있었기 때문에 아침 일찍 식당으로 내려갈 수 있었다. 나는 첫 번째나 두 번째 손님 정도인 듯했다. 식당은 텅 비어 있었고, 창밖은 아직 어두웠다. 나는 테이블을 안내받았고, 커피를 시킨 뒤, 뷔

페식으로 차려진 음식을 접시에 담아 자리로 돌아왔다. 그리고 알게 되었다. 내 자리는 직원들이 단말기를 확인하는 자리 바로 뒤였다. 텅 빈 식당에서, 직원의 엉덩이를 보며 식사를 하게 된 셈이었다.

게다가 커피도 별로, 다른 음식도 특이사항 없음. 애초에 그 식당을 내부에서 본다는 처음의 목표만 달성했을 뿐, 그 외에는 시종일관 불쾌한 식사였다. 왜 나는 그 자리에 안내받았을까. 내가 동양인인 것과 관계가 있을까, 없을까. 나는 과민한 것일까, 정당하게 분개하는 중일까. 아니 그런데 커피도 제대로 못 끓여 오냐고. 텅 빈 식당에서 나의 반찬은 끊이지 않는 상념이었다. 내 앞에 직원의 엉덩이가 보일 때마다, 그 생각에 시달렸다. 이후 손님들이 계속 들어오는 동안 이쪽에는 아무도 앉히지 않았다는 점도 화를 더욱 북돋웠다.

지금 따질까, 나중에 따질까. 어떻게 따질까. 그 문제를 생각하느라 시간이 다 갔다. 룸메이드조차 전원 백인인 호텔이 뜻하는 건 무엇일까. 나는 호텔 측에 이메일로 항의하는 쪽을 택했다. 사과의 메일은 받았지만, 다시 그 호텔에 간다고 상황이 달라질지 어떨지는 모르겠다. 돈을 많이 내면 당연히 그에 걸맞은 서비스가 따라올 것 같지만, 늘 그런 것은 아니다. '당연히'를 낙관할 수 있는 사람은 결국 그 사회의 주류로 사는 사람뿐이다.

바다의 풍미

부산 전복죽과 대구탕

지자요수 인자요산(智者樂水 仁者樂山)이라는 말이 있다. 지혜가 있는 자는 물을, 어진 사람은 산을 좋아한다는 뜻이라고 배웠는데, 그것이 무엇을 의미하는지는 잘 모르겠다. 다만 어렸을 때는 바다가 좋았고 지금은 산이 좋은데, 그중 가장 좋아하는 곳은 경사가 없고 걷기 좋은 곳이다. 모래사장도, 오르막이 계속되는 산길도, 나는 큰 마음을 먹어야 디딜 수 있다. 말하고 보니 나는 산이 아니라 녹음과 흙을 좋아하는 듯하다.

여름에 피서를 간다고 하면 주로 바닷가였다. 우리 가족의 피서지는 제주도, 부산, 강릉이었다. 내가 성인이 된 뒤 가장 자주 방문한 도시는 부산이 되었다. 부산, 전주 순서인데, 이유는 단 하나, 《씨네21》에 다니면서 영화제 출장을 갔기 때문이다. 영화제 출장은 짧게는 4일, 길게는 12일이나 되어, 영화제 출장을 풀로 다녀오면 기껏 잡아놓은 생활 리듬이 전부 어그러진다. 말은 이렇게 해도 영화제는 즐겁다. 영화 전문지의 영화제 출장은 매일 야근으로 이루어지는 터라 일이 즐겁다는 뜻은 아니고, 오로지 먹을 생각으로 즐겁다. 평소에 하지 않던 식단 궁리를 한다. 하나부터 열까지, 먹는 일만큼은 즐겁다. 작년에 먹은 음식 다시 먹을 생각만 해도 KTX 타러 가는 길에 가슴이 두근거린다. 같이 기차를 탄 동료들과 이번에는 뭘 먹을지를 이야기한다.

그중 부산은 출장지로 드나들기 시작해 친구들과 놀러 가기도 여러 번 한 도시다. 상전벽해라는 말이 들어맞을 정도로 해운대가 대변신을 하는 과정을 20년간 지켜봤다. 2001년에 처음 부산국제영화제 출장을 갔던 때는 남포동에서 주로 행사가 이루어졌다. 즉, 부산국제영화제는 남포동 골목의 길거리 맛집 순회를 기대하게 만든 행사였다. 바다는 자갈치시장 건너편에 있었다. 자갈치시장의 꼼장어구이를 먹는 일이 연간행사였다. 남포동에서 일을 하던 시기는 매일 아침 7시는 되어야 퇴근을 했으므로, 다들 꽤나 지쳐 있어서 아침식사를 겸해 술을 마시고 숙소로 들어가서 잠을 청했다. 그러니 아침이랄 게 없었다. 다들 낮에 일어나서 일하기 전에 겨우 식사를 해결했다. 이 기억이 너무 옛날이라 더 침울하게 채색된 것인지, 실제로 너무 침울한 기억뿐이어서 되새겨봐도 그런 식인지는 분간할 방법이 없다.

부산을 아침식사로 기억하게 된 가장 직접적인 계기는 부산국제영화제가 남포동에서 해운대로 주상영관을 대거 옮기면서였다. 2010년대 말에 이르면 센텀시티 쪽에서 주요 행사들이 이루어지지만, 남포동 시대 직후는 해운대 시대였다. 해운대역 근처의 쇼핑몰에 사무실이 있었고, 그다음에는 해운대 바닷가 근처의 쇼핑몰에 사무실이 있었다. 영화의 전당이 완공된 이후에는 그 안에 있는 분장실을 사무실로 썼다. 그래서 기자들은 죄다 알전구가 테두리를 따라 붙어 있는 거울 앞에서 원고를 쓴다. 날이 갈수록 거울 속 얼굴은 붓다가 창백하다가 까칠해진다. 〈도리언 그레이의 초상〉인가 싶지만, 그 작품에서는 초상화 밖의 도리언 그레이는 젊음을 잃지 않았잖아? 《씨네 21》의 기자들은 거울 안에서도 밖에서도 젊음인지 패기인지 건강인지 하는 것들을 잃고 있는 모습을 매년 목격한다. 그리고 마감은 점점 빨라져서, 처음 사흘 정도를 제외하면 새벽 1시 전에는 일을 마친다. 최근에는 밤 11시 정도로 앞당겨졌다. 마감이 끝난 뒤에는 회식으로 다 함께 뭔가를 먹거나(술보다 음식 쪽이 중요하다.), 부산에 내려온 영화인들을 만나러 제각기 흩어진다. 근래 들어서는 점점 더 술을 덜 마신다. 나도 마지막으로 영화제 출장을 가서는 맥주 한 잔 정도 마신 게 다니까.

그래서 부산의 아침식사가 재미있는데, 술은 안 마셔도 해장은 한다. 해운대에 머물 때 마감 끝난 뒤의 야참으로, 더불어 아침식사로도 회사 동료들이 가장 자주 찾는 곳은 전복죽집이다. 부산에 가서 처음 알았는데, 전복 내장을 넣고 죽을 만들면 죽이 연두색이 된다. 이 연두색 전복죽은 엄청나게 고소하고 맛있다. 마감으로 지친 사람들의 배 속을 달래는 데 이만한 게 없다. 술을 마시지 않아도 다들 속쓰림을 느낄 타이밍에 전복죽을 먹는 것이다. 해운대 파라다이스 호텔 근처에 있는 전복죽 전문점은 24시간 영업을 하기 때문에 퇴근길에 여기서 같이 식사를 하고 귀가한 뒤 아침을 먹으러 또 갔다가 또 동료와 마주치기도 한다. 장기 출장이니만큼 후반부로 가면 같은 메뉴가 반복된다고 투덜거릴 것도 없이 죽을 먹게 된다. 신경 쓸 일이 넘치니 자연스럽게 속이 편한 음식을 찾게 됨은 물론이다.

서울에서도 전복죽을 먹을 순 있지만 이렇게 산

뜻한 녹색 전복죽은 찾기 어렵다. 처음에는 어떻게 채소도 아닌 음식이 연두색일 수 있을까 놀랐지만, 그래야 더 고소하다는 사실을 알게 되었다. 전복을 회로 먹을 때 역시 전복의 신선도를 가늠할 수 있는 기준 중 하나는 아무래도 내장의 향긋함인 것과 마찬가지다. 쓰면 쓸수록 잡식동물의 허기가 글에 실리는 기분이지만.

내가 애착을 갖게 된 부산음식 중에는 떡볶이가 있다. 부산 떡볶이에는 개성이 있다. 무척 빨간 양념을 쓰지만 맵지 않고 단맛이 강하며, 굵은 쌀떡을 쓴다. 나는 밀떡을 좋아하는데도 부산의 쌀떡볶이는 언제나 대환영이다. 부산의 유명한 떡볶이집 중에는 고추장 팔듯 떡볶이 양념을 파는 곳도 있다. 중독되면 이만한 별미가 없어서, 요즘에는 부산에 갈 때마다 떡볶이를 하루에 한두 번은 꼭 먹는다. 그리고 놀랍지 않게 아침식사로 떡볶이를 먹기도 한다. 그럴만큼 맛있다. 언젠가는 포장만 된다는 가게에서 떡볶이를 포장해 근처 벤치에 앉아 먹었는데, 자꾸 근처에 비둘기며 고양이들이 모여들어서 브레멘의 음악대가 된 기분을 만끽했다. 이른 아침이라 다들 배고팠지?

부산에서 아침식사로 또 자주 먹는 음식 중에는 대구탕이 있다. 부산국제영화제가 주무대를 해운대로 옮긴 이후, 해운대 포장마차촌이나 미포 쪽으로 가는 바닷가(지금은 고층 건물들이 들어서 있다.)에 늘어서 있던 횟집들에서 밤새 술을 마신 뒤 해장을 위해 찾던 곳이다. 횟집이 늘어서 있는 길을 회사 사람들과 걷다 보면 10분도 안 걸릴 길을 30분, 한 시간씩 걸려 이동해야 했다. 바다쪽 야외 테이블에서 술을 마시던 사람들은 같은 테이블의 일행만큼이나 지나다니는 영화인들에게 신경을 썼고, 그래서 꼭 가게마다 몇 명씩 아는 사람들이 인사를 하거나 앉아서 한잔하고 가라는 말을 하곤 했다. 나는 아는 사람이 없어서 선배들이 인사하는 모습을 멀거니 볼 뿐이었지만.

부지런한 사람은 그렇게 마시고 아침 일찍 산책을 겸해 미포 끝의 대구탕집으로 간다. 또 거기서 아는 사람을 만난다. 또 누군가는 거기서 술을 마시기 시작한다. 녹색 전복죽만큼이나 대구탕 역시 부산에서만 먹는 별미 중 하나다. 서울에서는 해장을 위해 아침을 먹을 때면 언제나 해장국을 먹는다. 마포에는 뼈다귀해장국이나 설렁탕, 곰탕집들이 괜찮다. 화곡동 쪽에는 선지해장국집이 괜찮다. 하지만 대구탕은 먹지 않는다. 부산에서만 먹는다. 해운대에서는 해장국집 찾기보다 돼지국밥집이나 대구탕집을 찾기가 훨씬 쉽다.

해운대에서는 하루에 아침만 두 번을 먹은 적도 있다. 바쁘다 바빠. 적당히 하면 좋겠지만 일정이 짧을 때는 아침식사를 두 번 한다. 실제로 배가 너무 불러서 다시 숙소로 가 소화시키기 위해 잠을 청할 때도 없지는 않았지만, 해운대에서라면 아침이 특히 좋다. 대구탕도 대구탕인데, 복국도 추천메뉴다. 특히 일행 중 부산이 초행길인 사람이 있다면, 부산의 복국집 체험은 꽝 없는 로또랄까. 처음 방문하는 사람은 열이면 열 첫술을 뜨고 무척 기분 좋아하는 얼굴을 한다. 깔끔하고 개운하다. 복국이든 대구탕이든 심지어 복어와 대구의 살도 많다. 서울에서는 못

먹잖아 하는 생각이 드는 순간, 하루에 아침만 두 끼를 먹게 되는 것이다.

부산에서는 돼지국밥집에서 먹은 아침도 꽤 된다. 처음 돼지국밥은 사실 실수로 먹었다. 분명 간판에 돼지국밥이라고 쓰여 있었는데도 소고기국밥인 줄 알고 먹었다. 서울 촌뜨기 머릿속에는 돼지로 국밥이라니 그런 냄새날 짓을 할 리가 없다는 사고회로가 돌아가고 있었으니까. 국밥 국물 안에 든 고기가 돼지임을 안 직후 첫인상이 그렇게 좋지는 않았지만, 이후로는 잘만 먹고 있다.

나는 최근 몇 년간 술을 거의 마시지 않고 있기 때문에 남들이 술과 함께 먹는 거의 모든 메뉴를 아침이나 점심에 먹는다. 그래서 돼지국밥도 아침에 해결하는데 여기에는 양념한 부추를 넣어 먹는다. 부산에서는 부추를 정구지라고 부른다고 들었다. 언젠가 부산 사람과 돼지국밥을 먹으러 아침 일찍(인기 있는 집이라서 조금만 늦어도 줄을 선다고.) 식당에 가 밥을 먹다가, 부추가 부족하자 일행이 "여기 정구지 주세요!"라고 네이티브 부산 사투리를 구사했다. 일하시는 직원분이 같잖다는 시선으로 문제의 부산남 1호를 내려다보시고는 “부추요?”라고 되묻던 풍경을 나는 몇 년째 키득거리며 기억하고 있다.

엄마는 걱정한다

〈미성년〉 속 가족들의 아침 식탁

지금은 모두 사십대가 된 옛 동료들과 삼십대 중반이던 시절 오랜만에 다시 모여 맥주를 마신 날이 있었다. 더 이상 같이 일하지 않게 된 지 몇 년이 지난 시점이었는데, 오랜만에 만나는 사이가 늘 그렇듯 그간 근황에 대해 이야기를 주고받았다. 나 말고 다른 이들은 각자 분야의 일을 하고 있었으니, 서로의 일상이 꽤 낯선 이야기들로 채워졌다는 사실을 금방 알 수 있었다.

그러다 누군가가 가족 이야기를, 더 정확히는 아버지 이야기를 꺼냈다. 모두 아버지와 관련된 고민이 있었다. 내가 나이드는 속도보다 아버지는 더 빨리 늙는 것으로 보이는 데다 젊어서는 있었는지도 잘 몰랐던 문제를 알고 나니 속이 뒤집어진다는 내용으로 요약할 수 있겠다. 아버지가 건강하든 아니든, 하는 일이 무엇이든, 딸 나이가 삼십대 중반이 되니까 그나마 아주 나쁘지는 않던 관계들이 심각하게 삐걱거리기 시작했다. 아니, 사실 이런 이야기를 모르고 살았던 것도 아니었다. 하지만 오랜만에 만난 사람들끼리 얘기하다 보니 집집마다 있는 '문제적 아버지'가 공통의 화두임을 알게 되었고 성토 대화 분위기가 된 것이다. 대학 때 한 친구가 한집에 같이 사는 자신의 할아버지가 갑자기 성병에 걸렸다고 토로하던 이야기는, 멀리 있는 남의 사정에 그치지 않았다.

어렸을 땐 '아빠 딸'이라고 불릴 정도로 아버지와 사이가 좋았던 딸들이라 해도, 성인이 되고 어머니의 상황이며 사정을 알게 되고 어머니가 가진 문제의 근원에 아버지가 있음을 눈뜨는 순간, 아버지로는 괜찮다 하더라도 인간적으로 더는 참기 어렵다고 느끼게 된다. 정작 어머니는 이제 괜찮다고 하는 순간이 되었다 쳐도 마찬가지다. 어머니가 이성을 잃고 소리를 질렀던 기억이 사실 아버지의 외도 때문이었다거나, 어머니가 돈 문제로 자식들에게 잔소리를 늘어놓던 이유가 아버지가 선 빚보증이었다거나, 아버지에게 심각한 건강상의 문제가 있는데 아버지는 술도 담배도 끊기는커녕 줄일 생각도 없다거나 하는 상황들. 애초에 가정폭력이 있었던 경우는 나이들어 힘이 빠진다고 나아지는 것도 아니니, 성인이 되고 독립해 거리를 두고 보면 어머니와 아버지가 존재하는 정상가정이라고 믿었던 무언가가 산

산조각 나는 느낌을 받곤 한다.

남의 집은 안 그런데 왜 우리집만 이래. 그게 아니었다. 그날 밤에 오간 이야기는 아버지 문제에 국한된 것은 아니었다. 일행 모두 오빠 없는 첫째였는데, 이상적인 친오빠처럼 가깝게 지냈던 남자 선배들이 여자 동료들에게 어떤 식으로 성적인 접근을 하고 불유쾌한 장면을 만들어왔는지를 이야기한 자리이기도 했다. 어떤 여자들에게는 괜찮게 행동하는 남자들이 어떤 여자들에게는 이기적이고, 폭력적이 된다. 내게 괜찮은 아버지라고, 내게 괜찮은 남자 선배라고 해서 다른 여성들에게도 같은 건 아니구나 하는 공포에 가까운 사실을 주고받은 밤이었다.

성인이 되면서 여성들은 부모님이 어떤 존재인지를 다시 한번 배운다. 친구들이 아이를 낳아 키우는 모습을 보며 내가 가장 놀란 일은, 어느 집 아이든 부모, 특히 어머니에 대한 절대적인 신뢰와 애정을 표현한다는 사실이었다. 친구가 아이를 낳으면 몇 개월간은 집 밖으로 나오기 어렵다는 사실을 잘 알기 때문에, 이것저것 사들고 집으로 찾아가곤 했다. 대개 아기들은 어머니가 자신을 바닥에 내려놓기만 해도 울기 시작한다. 등에 센서라도 달려 있는 것처럼 어느 집이든 그렇다. 안고 어르고 방 안을 돌아다니는 친구를 보며 집에 찾아올 일이 아니었구나 미안해하면, 그래도 옹알이가 아닌 어른들의 대화를 하고 싶다는 답이 돌아온다. 아기들은 어머니와 눈이 마주치기만 해도 웃는다. 퇴근해 집에 들어온 아버지에게 앉은 채로 양팔을 뻗으며 안아달라 칭얼거리는 아기들을 보면 경이로울 지경이다.

친구네 도착해서 손부터 씻고 아기 옆으로 가도, 낯가림이 심한 아기들은 나를 쳐다도 보지 않는다. 방 안에 아무리 많은 사람이 있어도 아기는 주양육자만을 찾는다. 우리집에서는 그 사람이 외할머니였고, 다른 많은 가정에서 외할머니나 어머니가 그 역할을 맡는다. 아기가 짧은 목을 어머니 품에 묻고 곧장 잠드는 모습을 보는 일은 언제나 신기하다. 너, 내가 아무리 잘 안아도 싫어했잖아. 아기에게는 그냥 사람의 품보다 주양육자의 밀착돌봄이 절대적인 역할을 한다. 아기는 그런 관심을 끝없이 요구한다. 나는 사춘기부터 부모님 말을 끔찍하게 안 들었기 때문에(어머니는 내가 나 같은 딸을 낳지 않은 일을 지금도 분하게 생각하실 것 같다.) 어렸을 때부터 그랬으리라고 생각했다. 하지만 친구들의 아기들을 보면서 내가 사춘기 전까지 아버지를 얼마나 좋아했는지, 성인이 된 뒤 어머니를 어떻게 이해하게 되었는지, 그 사이의 시간들이 어떤 긍정적인 경험들로 채워졌는지 떠올렸다. 어른이 된다는 말은 이런 뜻을 포함할 것이다. 원망만 하던 시기조차 어른들의 사정이 있었음을 헤아릴 수 있게 된다는.

이상하게도, 밥 때문에 싸운 기억이 꽤 있었다. 다른 끼니는 문제가 없었고 아침밥이 늘 문제였다. 그 기억을 끌어올린 계기는 배우로 더 잘 알려진 김윤석 감독이 연출한 영화 〈미성년〉이었다. 〈미성년〉에는 염정아, 김소진, 김혜준, 박세진 그리고 김윤석 배우가 나온다. 고등학생 주리(김혜준)는 아빠 대원(김윤석)이 미희(김소진)와 연인 사이임을 알고 있다. 주리는 미희의 딸 윤아(박세진)와 같은 학교에 다니는데, 서로의 엄마와 아빠가 연인 관계임을 알게 되고 그 문제로 싸우기까지 한다. 주리는 아빠의 외도를 엄마 영주(염정아)에게 숨기려 하지만, 주리와 윤아의 다툼 와중에 영주는 남편의 외도를 알게 된다. 알고 보니 미희는 임신을 한 상태였고, 두 딸과 두 엄마, 그리고 없느니만 못한 한 남자는 새로 태어날 아기에 대해, 앞으로의 삶에 대해 어떻게든 조치를 취해야 할 상황에 처한다.

대원은 보통의 남편, 보통의 아버지로 보인다. 투닥거리면서도 가족이 경제적으로 안정적인 미래를 예상할 수 있게 해주는 그런 사람. 하지만 대원은 다른 여자의 애인이 되어 임신을 시켰고, 그 사실을 아내가 모른다고 믿는다. 실제로 아내 영주는 모르고 있었다. 하지만 윤아가 "아줌마 남편이 우리 엄마랑 바람피워요. 그런데 우리 엄마 임신했거든요!"라고 하는 말을 듣고 알게 된다. 엄마가 배 속의 아기를 낳을 생각임을 알게 된 윤아는 엄마 핸드폰으로 대원에게 전화를 건다. 상대의 이름 대신 '마지막 사랑'이라고 저장된 번호다. 바람난 유부남들이 흔히 그렇듯 그는 밤에 걸려온 전화는 받지 않는다. 대원은 아침이 되어서야 '덕향 김사장'에게서 온 문자를 확인한다. "당신이 바람피우는 거 세상이 다 알아."

대원은 그제야 전날 이상했던 아내와 딸의 태도를 기억하고는 쭈뼛거리며 방을 나선 뒤 아내의 눈치를 보며 조용히 나갈 준비를 한다. 슬금슬금 혼자 나가려는데 아내가 묻는다.

"어디 가?"

"왜?"

"밥 안 먹어?"

"이… 일이 많아서."

"뭐?"

대원은 그대로 집을 빠져나온다. 머릿속에 굴러가는 생각이 눈에 보일 정도다. 애인에게서 온 문자는 사실일까. 아내는 정말 알고 있나. 어디까지 알고 있나. 그는 일단 자리를 피해 시간을 벌겠다는 생각뿐이다. 이번에는 주리가 방에서 나온다. 엄마가 말한다.

"권주리, 밥 먹어, 밥. 밥."

"아, 시간 없다니까."

"가면서 먹으면 돼. 내가 주먹밥 해놨어."

주리는 아무 말 없이 씩씩거리며 집에서 나와 주차장으로 간다. 주차장을 빠져나가는 아빠의 차를 보고 "아빠! 아빠!" 하고 부르며 뛰어가지만 대원의 차는 멈추지도 않고 그길로 내뺀다. 주리는 "아이씨, 엄마가 안단 말이야."라고 중얼거리며 (아마도) 아빠에게 전화를 거는데, 엄마가 나와서 "권주리." 하고 이름을 부른다. 주리는 두려운 얼굴로 뭐라 말을 하려는데, 엄마는 그냥 도시락을 건넬 뿐이다.

"가면서 먹어."

엄마는 다시 주리의 이름을 부른다.

"주리야."

주리는 어쩔 줄 모르는 표정으로 묻는다.

"어?"

"그거 식기 전에 먹어."

염정아 배우의 목소리가 살짝 (울음을 참듯) 떨리는데, 말을 마친 뒤 뒤돌아 집으로 가는 그의 두 발은 맨발이었다. 길가에는 아직 녹지 않은 눈이 쌓여 있는데.

이 아침의 장면을 나는 무척 좋아한다. 정말이지 끔찍해서 좋아한다. 어머니, 아버지, 딸. 세 사람 모두 서로에게 확인받거나 해야 할 말이 있다. 어머니는 남편의 외도가 사실인지 확인해야 한다. 아버지는 아내(그리고 딸)의 질문을 받아야 한다. 딸은 아버지의 외도를 어머니가 알고 있음을 아버지에게 알리고 싶은 동시에 어머니를 보호하고 싶다. 애초에 주리가 윤아와 싸우게 된 계기는 엄마 몰래 어떻게든 해결해보려다 생긴 일이었다.

부모는 자식을 보호하려고 애쓰는데, 자식도 부모를 보호하고 싶어한다. 자신이 겪는 안 좋은 일을 굳이 부모에게 말하지 않고 혼자 해결하려고 애쓴다. 아버지의 외도를 어머니가 모르는 동안 정리하려고 한다. 그런 마음이 보이니 부모도 속이 끓는다. 부모의 일 때문에 자녀가 고통 받는 건 피하고 싶지만, 혼자 힘으로 되지 않는다. 배우자가 문제를 일으키는데, 무슨 수로 자녀를 보호한단 말인가.

침묵의 전장이, 모두 알고는 있지만 말하지 않는 상황의 긴장이, 가장의 외도라는 방 안의 코끼리가 아파트 거실에 들어앉은 장면을 〈미성년〉의 아침신이 잘 보여준다. 그 와중에도 아내/엄마는 가족들의 아침밥을 차리고 있다. 이 사실이 나를 고통스럽게 만든다. 아내/엄마가 하는 말은 아침밥을 먹으라는 것뿐이다. 대단한 추궁도, 앞으로의 다짐도 아닌, 그냥 이 식탁에 앉으라고, 지금 당신들을 위해 준비한 밥이 식기 전에 먹으라는 말이다.

왜 꼭 바쁘게 나가려고 할 때 엄마들은 밥을 먹으라고 하는가? 할 일이 있어서 책상 앞에 앉아 있는데 왜 지금 당장 와서 밥을 먹으라고 하는가? 차려진 밥을 먹기만 하는 사람들이 쉽게 투덜대는 이 문제는, 밥상을 차리는 사람 입장에서 생각하면 금방 알 수 있다. 공부하고 돈벌이하는 일이 힘드니 일단 든든하게 먹여 내보내고 싶다. 싸울 일이 있어도 아침에는 싸우고 싶지 않다. 기왕이면 식은 밥 식은 찬 대충 먹이는 대신, 다들 외출 준비가 끝났을 때, 가장 맛있을 때 먹게 하고 싶다. 다들 씻었는지, 옷을 입었는지 봐가면서 조리를 하고 있었는데, 다들 밥상머리에 앉기는커녕 투덜대고 짜증내고 그냥 나가버린다.

"얼른들 와서 먹어!"라고 하는 말이, 모든 음식이 따뜻하거나 차게 조리를 마친 직후임을 뜻한다는 사실을 나는 너무 늦게 알았다. 밥 차리는 시간에 맞춰 움직이기에는 아침 시간이 너무 바쁘다고 생각했는데, 그 바쁨에 맞춰 밥을 차리고 있다는 사실을 왜 밥을 직접 차리기 전까지 알지 못했을까. 냉동실에 보관하며 오래 먹는 방법을 쓰기도 하지만, 빵이든 밥이든 갓 만들었을 때 가장 맛있다. 가장 맛있는 밥을 먹게 하고 싶다. 얼른 나와! 지금 빨리 먹어! 국 다 식는단 말이야!

거기에 더해 〈미성년〉의 영주처럼, 당장 하고 싶은 말, 묻고 싶은 말 천지지만 일단 하루 일과 시작을 방해하고 싶지 않아 한 번 더 참는 게 아침의 풍경이다. 딸에게 도시락을 건네며 "식기 전에 먹어."라고 말하는 영주의 떨리는 목소리에 새겨진 '참을 인' 자가 많다. 너무 많다.

머리를 말리지도 못한 채 뛰어나가고, 핸드폰을 두고 나가는 일만 생각했지, 기껏 차려놓은 밥상과 함께 남아 있는 외할머니와 어머니를 생각하지 못하고 지난 세월이 있다. 그러다 다시 친척이나 친구의 아이들, 이제 막 말을 배우는 아이들이 부모보다 먼저 일어나 호랑이 기운으로 괴성을 지르며 집 안을 뛰어다니는 모습을 본다. 하루의 시작을 기다렸다는 듯이, 도저히 가만히 누워 있을 수 없다는 듯이 뛰어다니며 어머니와 아버지를 깨우려고 그 몸에 올라타고, 흔들고, 오늘의 예정을 물어보는 광경을, 어렸던 내가 그랬을 광란의 아침 풍경을 본다. 어떤 순간도 멈춰 있지 않아서, 오직 사랑뿐이다가, 애정 비슷한 것이다가, 짜증이거나 분노이다가, 연민이다가, 다시 사랑 비슷한 것이 되고, 피곤함, 도망치고 싶음, 부담감으로 시간이 흐르다가 어디에선가는 모든 게 멈춘다.

가족과 함께였던 아침 식탁의 말없던 대화의 순간들을 〈미성년〉과 함께 떠올렸다가, 결국은 그것이 어떤 감정을 불러일으켰든 아침밥을 전담했던 누군가가 만들어낸 풍경이었음을 받아들인다. 나는 외할머니처럼도 어머니처럼도 아침밥 차리는 일을 중요하게 생각하지는 않게 되었고, 다른 누구를 위해서도 차리지 않는 사람이 되었다. 사랑이라고 부르든, 사랑의 노동이라고 부르든, 희생이라고 부르든, 나는 나 자신을 위해서가 아니면 아침상을 차리지 않는다. 하지만 '나의 일'인 적이 없었다고 해서 내가 노력 없이 얻었던 애정과 수고, 건강의 가치를 모르지는 않는다. 어머니와 같은 삶을 살아야만 어머니를 이해할 수 있는 건 아니다.

오래 보관해도 괜찮아

오트밀

오트밀이라고 불리는 음식의 실물을 처음 본 건 호텔 조식당이었던 듯하다. 충격적인 비주얼의 무언가를 먹는 사람들이 있었다. 아무리 봐도 토사물 같은데? 설마 저런 걸 돈 받고 파나?

그게 책에서 읽은 오트밀이라는 사실을 알게 된 뒤로 몇 번 먹을 기회가 있었지만 필사적으로 피해 다녔다. 생긴 것도 맛있게 보이면서 실제로 맛도 좋은 음식이 세상에 많고 많은데, 굳이 먹고 싶지 않게 생긴 음식을 먹기 위해 노력해야 할 이유가 어디 있겠는가? 오트밀이 아니면 섭취할 수 없는 영양분 같은 건 없다! 하지만 오트밀이 준비된 조식당에 갈 일이 있을 때마다, 그 앞에서 한번 먹어볼까 하는 유혹을 몇 번이나 느꼈다. 오로지 나의 빌어먹을 호기심 때문이다.

현재, 결론을 말하면 오트밀은 우리 집에 상비된 아침거리다. 심지어 나는 오트밀을 좋아하게 되었다. 동생 부부는 아직도 웃기는 소리 하지도 말라는 표정으로 내가 그걸 먹을 리 없다고 주장하지만, 나는 정말 먹고 있다.

오트밀에 도전하게 된 계기는 내게 '오래 보관이 가능하면서 내킬 때 쉽게 해 먹을 수 있는' 아침 메뉴가 필요해서였다. 뭘 사도 제때 다 먹기가 너무 힘들 정도로 바쁜 나날이 이어지니, 아침에 뭘 먹어볼까 했을 땐 전부 유통기한이 지난 것들뿐이었다. 그런데 오트밀은 오래 보관이 가능하다. 대영도서관 사이트에서 존슨 사전을 인용해 설명하는 바에 따르면 귀리는 "곡물의 일종으로 잉글랜드에서는 주로 말에게 주지만 스코틀랜드에서는 사람들이 먹는다." 스코틀랜드에서는 '포리지'라고 부르는데, 스코틀랜드 에든버러 출신인 J. K. 롤링의 《해리 포터》 시리즈에서도 포리지를 먹는 장면이 나온다. 말이 먹었다는 둥 하기는 해도 21세기에 오트밀은 건강식으로 각광받는다. 오트밀로 아침을 먹으면서 변비가 사라졌다는 식의 간증도 드물지 않게 들을 수 있다. 오트밀은 빻아 납작해진 건조 귀리 형태를 하고 있는데, 어찌나 잘 말라 있고 어찌나 납작한지 그 맛을 종이에 비유하는 사람이 많다. 마른 종이 아니면 적신 종이라고. 정말인지 알아보기 위해서 종이를 적셔서 먹어봤는데, 오트밀이 더 맛있다. 정말이다.

이렇게 건조한 음식이 토사물처럼 보이는 과정은, 다음과 같다. 부슬거리며 흩어지는 오트밀을 먹을 때는 우유나 요구르트를 부어 하루 정도 불리거나 우유나 물을 넣고 전자레인지로 데운다. 오트밀이 충분히 불고 풀어지면 까끌거리지 않고 부드러워진다. 그리고 이 '잘 불어난' 오트밀의 생김새는… 거시기해진다.

장기 보관 가능한 아침거리로 오트밀을 먹어보자는 생각을 한 뒤 가장 도움을 받은 사람은 번역가 두 분이었다.

진영인 선생님은 먹기 전날 밤에 오트밀에 떠먹는 요구르트를 부어놓으라고 조언해주었다. 여기에 견과류와 말린 과일 혹은 생과일을 추가해 먹으면 된다고 했다. 이 방식은 '차갑고 신선한' 오트밀 먹는 법. 내가 먼저 시도한 게 이 방법이었고 무척 맛있었다. 오트밀이 충분히 불어 있지 않아도, 떠먹는 요거트와 잘 섞으면 먹기 어렵지 않았을 뿐 아니라 제법 맛도 있었다. 다만 덜 불었다면, 씹는 시간이 오래 걸린다. 그래서 오트밀을 찻잔의 3분의 2 정도

붓고 요구르트로 나머지를 채우는 정도면, 꼭꼭 씹어먹는 데 20분까지도 걸린다. 전날 밤에 준비한다는 것도 생각처럼 쉽지 않은데, 나는 월요일 아침을 위해 일요일에 불려놓은 오트밀을 목요일 아침에 먹은 적도 있다. 냉장고 안에 보관했고, 그릇을 잘 덮어둬서인지 그걸 먹고 죽지는 않았다.

김명남 선생님은 '따뜻한' 오트밀 조리법을 알려주었다. 처음 이야기를 듣고는 경계했는데 지금은 오트밀을 이 방식으로 가장 자주 먹는다. 오트밀에 우유나 물을 붓고 전자레인지에 2~3분 돌린 뒤 소금을 살짝 뿌려 먹는다. 우리 집에는 전자레인지가 없어 오트밀을 데울 때 밀크팬을 사용하는데, 데우는 데 몇 분 걸리지 않으면서도 완전히 죽처럼 된다. 속이 부대껴도 먹기 편하고, 먹는 데 오래 걸리지도 않고, 고소한 데다 짭조름하다. 문제는 너무 맛있어서 다 먹고 나면 뭘 더 먹고 싶어진다는 것이다. 물을 붓고 끓여(전자레인지에 돌려) 참기름과 간장으로 간을 해 정말 죽처럼 먹을 수도 있다.

오트밀에 견과류, 말린 과일 등을 넣은 것을 뮤즐리라고 부른다. 여기에 우유나 요구르트를 부어 먹기도 하고, 크림을 더하기도 한다. 한국의 죽과 비슷하게 환자가 먹기도 한다. 뮤즐리를 바 형태로 만든 게 그래놀라인데, 하이킹이나 등산 등 장시간 야외활동을 할 때 간편하게 에너지를 보충하는 데 유용하다. 허기질 때도 마시듯 삼키는 게 아니라 꼭꼭 씹어 먹게 된다는 장점이 있다.

위장을 비워야 보이는 것들

간헐적 단식 혹은 의도한 절식

간헐적 단식은 열여섯 시간 동안 절식하고 여덟 시간 동안 음식을 섭취하는 식이요법을 말한다. 어쩌다 보니 간헐적 단식이라는 말이 유행하기 전부터 이런 식사법을 하는 사람들이 주변에 있었는데, 배가 고프지 않은데 때가 됐다고 먹지 않고, 사회생활을 하는 시간 동안만 먹는다는 사람들이었다. 자기가 식사시간을 완전히 통제할 수 있어야 가능한 방식이다. 참고로, 열여섯 시간을 굶으니 여덟 시간 동안 아무거나 실컷 먹으라는 뜻은 아니다.

여덟 시간을 어떻게 정해야 사회생활에 지장이 없는가. 하루 두 끼를 먹되, 첫 끼니를 12시에 시작하고 두 번째 끼니를 8시에는 마친다는 방식이 가능하다. 11시에 먹고 7시에 먹든, 10시에 먹고 6시에 먹든(10시에 첫 끼니를 먹으면 점심까지 세 끼를 먹을 수 있다는 점에서 이득!) 섭식을 여덟 시간 동안만 한다는 게 중요하다. 하지만 아침은 먹을 수 없다. 아침을 먹었다가는 마지막 끼니가 아주 일러진다. 저녁 9시에 잠드는 사람이 아니라면 아침을 포기해야 간헐적 단식이 가능해지고, 내가 아는 모든 사람들은 저녁에 업무상의 미팅이 잡혀도 가능한 시간으로 12시에서 8시까지 식사하는 방식을 유지했다. 나 역시 간헐적 단식을 할 때는 그랬다. 아침에 공복으로 깨어나는 일은 꽤 가뿐하다. 소화시킬 음식이 많지 않아야 수면의 질이 높아지며 아침에 일어나 하루를 시작하면서 '더부룩한 기분'에 시달리지 않는다. 그래서 이제 술도 안주도 없는 삶이 되기는 했는데.

결국 간헐적 폭식으로 내 식사 패턴이 자리잡게 된 이유는 일하는 시간이 밤 늦게까지일 때가 많아서다. 강의, 강연, 행사 진행 등의 일정은 보통 저녁 7시 30분은 되어야 시작하며, 가장 늦게 끝날 때는 밤 11시가 되는데, 일 시작 전에는 식사를 하기가 어렵다. 마지막까지 준비를 하느라 그렇기도 하고, 긴장이 되어서, 혹은 소화시키느라 말하다가 트림이 날 일을 미리 염려해서 등의 모든 이유로 점심 이후 일이 완전히 끝날 때까지는 식사가 어렵다. 일을 마치고 한 시간쯤 뒤에 귀가를 하면 힘들어 죽을 지경인데 우주가 나를 삼키는 허기가 몰아닥친다. 게다가 하필이면 나는 치킨을 사랑하여….

식습관 교정과 운동 두 가지에 신경 써야 한다는 마음을 강박적으로 되뇌면서, 나는 아침식사를 어쩔 것인지 오늘도 갈등 중이다. 배고픈 소크라테스가 될 생각은 없지만, 배부른 돼지는 이제 그만해야 하는데. 내 사랑하는 아침밥은 어쩌면 좋지.

지상 최고의 콩나물

전주의 콩나물국밥

전주국제영화제는 축제다. 축제. 밤마다 마감을 마치고 다들 여기저기 우루루 몰려다니며 가맥집에서 맥주에 황태구이, 계란말이를 먹거나 상추에 김밥과 돼지불고기를 싸 먹거나 한다. 전주에서 꼭 먹는 메뉴 중에는 닭도리탕도 있다. 다니다 보니 닭도리탕을 본격적으로 잘하는 집들이 많아서다. 칼국수도 좋다. 냉모밀도 맛집이 있다. 전주비빔밥도 먹는다. 아무데나 들어가도 기본은 한다.

그런데 아침으로는 거의 메뉴가 정해져 있다. 콩나물국밥이다. 영화제 출장 중 몇 가게를 돌아가면서 가는데, 열흘간 매일 콩나물국밥을 먹어도 지겹지가 않다. 오히려 매일 생각한다. 서울 가면 못 먹겠지. 너무 맛있어. 마감 끝나고 밤에 먹을 때는 모주를 곁들이는데, 달큰한 술을 한잔 곁들이면 잠이 잘 온다. 하지만 아침에는 또 정반대로 하루를 시작하는 신나는 기분을 느낄 수 있는 곳이 콩나물국밥집이다. 왜 그런지 생각해봤는데, 이유는 단순한 듯하다. 콩나물이 정말 맛있다. 내가 서울에서 먹던 콩나물하고 다른 종인 것처럼 느껴질 정도다. 당연히 신선함은 기본이고, 줄기가 가늘고 아삭거린다.

야채와 국수의 중간쯤에 있는 것처럼 말이다. 영화제 기간에는 여기서 또 사람들을 무수히 마주친다. 전주에는 유명한 국밥집이 몇 있는데, 아침에는 영화의 거리에서 가까운 가게로 영화제 손님이 몰린다. 다들 알은척 한번 하고는 말없이 콩나물국밥과만 사랑의 대화를 나눈다. 땀을 뻘뻘 흘리며 먹다 보면 피로가 사라지는 기분이다. 기분일 뿐이다. 아, 갑자기 영화제 출장 간 기분이 되살아나서 입안이 텁텁하다.

콩나물국밥과 함께 나오는 반쯤 익힌 계란에는 국밥 국물을 몇 숟가락 넣고 섞은 뒤 김을 뿌려 먹는다. 콩나물국밥은 예전에는 토렴이라고, 밥에다 국물을 여러 번 끼얹었다 다시 빼는 동작을 반복하며 밥알을 데워 냈다. 예전에는 전기밥솥도 없고 해서 말라 있는 밥을 먹기 좋게 토렴했다는 말도 들었고, 토렴을 하면 국물과 밥의 온도가 맞춰지면서 먹기 좋은 정도가 된다는 말도 들었다. 2019년 5월에는 전통적인 토렴 방식으로 국밥을 만드는 장면을 본 대만인 관광객이 비위생적이라고 불만을 접수했다는 기사도 있는데, 요즘에는 밥과 국을 따로 주는 곳이 많아 '국밥'이라는 이름 자체가 무색해졌다.

이제 와 아무리 생각해봐도 그 맛집 많은 전주에서 먹은 아침식사가 콩나물해장국뿐이라 전주 출신인 《빅이슈》 김송희 편집장에게 물어봤다. 전주에서는 아침에 뭐 먹지?

김송희 편집장의 말에 따르면 "근데 전주 애들은 진짜 전주 맛집 잘 안 다님. 제가 어디가 유명하다던데 거기 같이 가자고 하면 전주 친구들이 비웃어요. 너도 서울 사람 다 됐구나 그러면서. ○○시장 순댓국 그딴 거 왜 먹냐며. ㅋㅋㅋ 조미료 맛이라고."

그래서 김송희 편집장과 전주에서 만나 내가 먹은 메뉴가 뭐였더라. 콩국수였다. 당연히 무척 맛있었고, 그 여름 최고의 콩국수였다.

궁극의 사치

사과 한 알과 딸기 한 다라이

아침으로 사과를 한 알 먹으면 의사가 필요 없다는 말이 있다. 얼마나 사실인지는 모르겠지만, 내과 의사에게 물어보니 과일을 먹을 거면 일반적으로 저녁보다는 아침이 좋다고는 한다.

나는 과일을 별로 좋아하는 편은 아니다. 어지간히 스트레스를 받지 않으면 애초에 단 음식을 즐기지 않는다. 과일을 사두어도 전부 먹기가 어려워서, 종종 회사에 가져가 사람들에게 나눠주거나 동생네와 나누기도 한다. 혼자 살면서부터는 내가 과일 소비를 거의 하지 못한다는 사실을 알고 잘 사지도 않지만, 사게 되더라도 백화점에 가서 제일 비싸고 좋은 걸 한 알 단위로 사서 먹는다. 사과 두 알, 배 한 알 이런 식으로. 가족과 함께 살 때는 식사 후에 같이 과일을 먹을 때 부지불식간에 귤을 한 아름씩 먹기도 했던 듯한데 지금은 그렇지 않다.

하지만 과일로 아침식사를 대신할 때가 있으니, 바로 봄. 딸기 시즌이다. 요즘에야 하우스 딸기가 한겨울에도 높은 당도를 자랑하지만. 집에서 10분 정도 걸으면 되는 위치에 청과물 시장이 있다. 집에서 가장 가까운 극장까지 걸어서 25분이 걸리는데, 그

코스에 청과물 시장이 있다. 그 길을 지나다 보면 제철 과일이 무엇인지를 코로 알 수 있다. 봄철에는 딸기를 이곳에서 사는데, 마트보다 가격이 싼지는 잘 모르겠지만 당도로는 비교할 수 없다. 문제는 청과물 시장의 딸기는 한 '다라이' 단위로 판다는 것. 그래서 사다가 씻어놓고 아침에 한 그릇씩 먹는 식이다. 1년 중 가장 호사스러운 아침식사다. 제일 좋아하는 그릇에 한가득 딸기를 담아 먹는다. 짧은 봄 한 달 새에 세 번에서 다섯 번 정도 딸기를 이렇게 사는데, 실시간으로 딸기 알이 어떻게 굵어지는지, 언제 다시 알이 작아지는지, 가격이 어떻게 변화하는지를 알 수 있다.

좋은 사과를 몇 알 냉장고에 넣어놓고 있다가 그것으로 아침식사 삼을 때도 있다. 나는 홍옥을 무척 좋아하는데, 서울에서는 홍옥을 구하려면 작정을 하고 찾아다녀야 한다. 가을의 부석사에 가면, 풍기 지역에서 나는 홍옥을 절 어귀에서 파는 노점상들을 만날 수 있다. 그 가을의 홍옥을, 가방 가득 가져와서 오랫동안 아침으로 먹었다. 홍옥 파시는 분이 "홍옥 드셔보셨나요? 시큼한 맛이 있고 단단한데 괜찮으시겠어요? 안 드셔보셨으면 부사를 사세요."라고 걱정의 말을 늘어놓는 걸 듣고 있었다. 나는 홍옥이라 적혀 있어서 홍옥을 사려 했지만 노점의 주인의 그런 우려에도 이유는 있겠지. 알이 작고 단단하며 신맛이 강하고 새빨간 홍옥은 비인기 품종이어서 찾는 사람이 별로 없다고 한다. 지난 기사를 찾아보니 홍옥의 '단점'을 보완해 단맛을 가미한 홍로라는 신품종 사과가 나온다는데, 신맛이야말로 홍옥의 개성 아니었나.

이탈리아에서 요리를 배운 셰프 말로는 한국에서는 채소류가 인기 품종을 중심으로 재배되는 경향이 있어서 다양하지가 않다고. 그가 예로 든 것은 감자였는데, 과일류도 크게 다르지 않은 것 같다. 사과라고 부르지만 들여다보면 그 안에 다양한 종이 있으니까. 고등학교 때 반 친구 별명은 능금이었다. 능금은 한국 토종 사과이고, 친구는 늘 볼이 발그레했다. 그런데 어느새 능금은 찾아볼 수가 없어졌다고 하니, 조금 서글프다.

아침부터 풀 차지

솥밥의 비밀

동생 부부와 여행 다니면서 먹은 음식 이야기를 되새기며 한참 수다를 떨 때가 있다. 그런 수다가 이어질 때 절대 빠지지 않는 끼니가 있었으니, 바로 내가 여러 번 간 일본 교토 후시미의 작은 숙소에서 먹은 아침식사다. 방이 셋뿐인 이 숙소에서는 아침과 저녁식사를 추가비용을 내고 사 먹을 수 있는데, 최소 2인 이상이며, 아침은 1인당 2,500엔, 저녁식사는 1인당 5,000엔 이상으로 예산과 메뉴를 정해서 사전 조율하게 되어 있다. 나는 이 숙소에 혼자 간 적이 더 많았던 터라 그럴 때는 아침을 먹고 싶어도 먹을 수가 없었다. 혼자 온 다른 여자 손님도 아침식사를 원하는데 혹시 생각 있으면 함께 먹겠냐는 말을 듣고 처음으로 식사를 했던 아침이 기억난다.

일단 그 손님도 한국인이었고, 여자였고, 비운의 LG트윈스 팬이었다. 작은 방에 마주 앉아 한 시간 동안 아침을 먹으려니, 처음에는 어색했지만 결국 이것저것 대화를 나누게 되었는데, 우리의 공통점은 한국 여자이며 LG트윈스의 팬이라는 것이었다. 우리는 야구팀 욕을 하면서 배가 터지게 밥을 먹었다. 1인당 2,500엔이면 결코 싼 가격이 아닐뿐더러 그때

내 여행 예산으로는 굉장히 고가의 식사였는데, 굳이 그 돈을 아침식사에 썼으니 내가 그 밥상에 건 기대는 컸다. 그리고 그 기대는 배반당하지 않았다.

그 숙소에서 2인부터 식사가 가능한 이유는 단순하다. 작은 솥에 밥을 해서 솥째로 방에 들어오는데, 그게 4인분 정도가 된다. 두 사람이 넉넉하게 식사할 수 있는 양이라는 말이다. 반찬은 검은콩 낫토부터 전갱이구이까지 10여 종이 넘는다. 따뜻하게 우린 호지차도 함께다. 문제는 흰쌀밥에 뭘 넣었는지 그냥 밥이 맛있어서 먹을 수 있는 데까지 한도 끝도 없이 들어간다. 아마 그 아침식사의 영향일 텐데, 나는 혼자 살게 되면서부터는 밥을 솥에 지어 먹는다. 전기밥솥은 사지도 않았다. 1인 가구 필수템으로 꼽히는 전자레인지, 에어프라이어, 전기밥솥, 토스터가 우리 집에는 없다. 말하고 보니 쓸데없이 번거로운 인간이다.

그러고는 또 혼자 여행을 다니니 그 숙소에서 아침식사를 할 일이 없다가, 동생 부부와 함께 그곳에 머물게 되어 셋이 아침식사를 먹기로 했다. 동생 역시 너무 비싸다며 굳이 먹어야 하느냐는 말을 했지만, 나는 우기고 또 우겼고, 우리 셋은 방에서 굴러 나가야 할 때까지 밥을 먹었다. 숙소의 주인이자 요리사인 A씨가 자랑하는 반찬도 다 맛있었지만, 좋은 물을 이용해 좋은 쌀로 지은 밥의 위력을 느낄 수 있었다. 동생 부부와 종종 그 아침식사를(그 이후로도 또 그곳에서 머물며 식사를 한 적이 한 번 더 있었다.) 떠올리며 웃는다. 아침식사인데 바로 외출하기가 어려워 쉬다 나가야 할 정도로 많이 먹게 된다. 솥이 비결인가, 물이 비결인가를 두고 셋이 머리를 맞대고 고민하다 스태프에게 물어보니, 별거 없단다. SWAG.

그 솥을 꼭 사고 싶어서 살 수 있는 곳을 알려달라고 했더니, A씨는 가장 작은 크기의 솥을 잘 쓰지 않는다며 선물로 주었다. 여기에 어떻게 밥을 하면 되느냐고 물었더니, 비법은 간단했다. 쌀을 씻어 물을 적당량 넣고 불린다. 센 불에 올리고 끓는다 싶으면 불을 아주 약하게 줄인 뒤, '맛있는 냄새'가 나면 불을 끄고 구멍에 젓가락을 꽂아 막은 뒤 뜸을 들인다. 끝.

네? 몇 분 끓인다든가 하는 식으로는 말해줄 수 없어요? '맛있는 냄새'가 뭔데요? 그렇게 모호하게 말해주면 저는 모른답니다. 하지만 A씨도, 스태프인 K씨도 단호하게 "밥을 지어보면 알 수 있다. 밥이 다 된 맛있는 냄새가 난다. 그때 불을 꺼라."라고만 했다. 그리고 솥에 밥을 지어본 사람이라면 누구나 알겠지만, 그 말이 정답이다. 전기밥솥은 굳이 그 옆에서 지키고 있을 필요 없이 알아서 다 해주지만, 솥밥은 옆에서 지키고 있어야 한다는 차이랄까. 옆에서 끓을 때를 봐 불을 줄이고, 밥이 다 된 냄새가 나면 불을 끈다. 맛있는 밥 짓는 비법의 전부다.

호랑이 기운이 솟아나요

시리얼

인생의 신비. 영화 〈패터슨〉 도입부에는 주인공 패터슨이 아침 먹는 장면이 나온다. 애덤 드라이버가 연기하는 패터슨은 '오하이오 블루 팁 성냥'이라고 적힌 성냥갑을 이리저리 보며 시리얼을 먹는다. 대접에 먹는 것도 아니고 큰 컵 정도의 분량을 먹는다.

나는 기다렸다. 아침식사를 시작하기를! 아니 미국의 다이너(대중식당)에 가면 매일 아침 산더미만큼 팬케이크 쌓아두고 먹지 않아? 다른 미국 영화에서는 그랬다고. 낮에는 버스 운전을 해야 하는데 애덤 드라이버 덩치에 저것만 먹고 대체 어떻게 버티지?

주인공 패터슨은 버스 운전기사다. 그는 미국 뉴저지주의 소도시 패터슨에서 아내와 살고 있는데, 매일 비슷하게 차분한 일상을 반복한다. 아침에 알람 없이 눈을 떠 손목시계를 확인하고, 곤히 잠든 아내를 깨우지 않고 혼자 아침을 먹은 뒤 출근해 버스를 몬다. 손님들의 대화가 들리면 유심히 듣는 듯도 하지만, 그에게 중요한건 시를 쓰는 일이다. 퇴근 이후도 비슷한 방식으로 차분하다. 아내와 저녁식사를, 개 마빈과 산책을, 산책길에는 펍 방문을. 자, 하루가 끝났습니다.

애덤 드라이버 키를 검색해보았다. 189cm라고 뜬다. 와, 말도 안 돼. 그런데 저걸 먹고 하루를 시작한다고? 그렇다면 둘 중 하나다. 첫째, 체력이 좋아서 적게 먹고도 오전 근무가 가능하다. (하지만 도시락을 보면 점심도 딱히 풍성하게 먹는 것으로 보이지는 않는다. 얼마나 체력이 좋은 걸까? 얼마나! 유후!) 둘째, 시리얼 광고 카피가 "호랑이 기운이 솟아나요."였던 건 비유적인 표현이 아니라 사실 적시였다. 근데 그게 사실이면 아침이 아니라 저녁에 시리얼을 먹어야 하는 것은 아닐까?

아니 이럴 수가. 아침은 간단히 먹으라는 교훈을 두고 너무 멀리 갔나? 내가 지금 쓸데없이 진지한 것 같다.

죽 쑨 하루

죽

〈내 사랑 컬리 수〉라는 영화가 있다. 존 휴즈 감독이 연출한 1991년작 가족영화인데, 레스토랑에서 전화벨이 울리자 식당 안의 사람들이 제각기 벽돌만 한 크기의 전화기를 꺼내 받는 장면이 있다. 지금 보면 전화기가 믿을 수 없을 정도로 거대한데 스마트폰조차 아니라는 점(전화를 걸거나 받는 일 말고는 용도가 없는데 크기는 스마트폰의 4배)에 놀라겠지만, 그 영화를 고등학교 때인가 학교에서 틀어주어 처음 보다가 놀란 포인트는 '사람들이 모두 전화기를 가지고 있다.'는 것이었다. 인터넷이 없던 때는 어디까지가 현실이고 어디부터가 상상인지를 분간하기가 쉽지 않았다. 그때 괴담처럼 얘기하던 해외여행 경험담 중에는 '식당에서 물을 사서 마신다.'가 있었다. 그런 이야기는 흔히, '한국에는 사계절이 있다.'와 더불어 민족주의적 자긍심으로 이어져, 한국은 수돗물을 마셔도 괜찮은 나라이며, 이런 점에서 유럽보다 낫다는 식의 결론으로 이어지곤 했다. 그때 상상할 수 없었던 많은 일 중에는 대부분의 사람들이 스마트폰을 쓴다는 것과 정수기 물이나 구입한 생수를 식수로 쓴다는 사실(수돗물에는 아리수라는 이름이 새로 붙게 되고!) 외에, 죽을 전문으로 판매하는 체인점이 생겼다는 점이 있다.

죽은 뭐랄까, 손은 많이 가는데 각별히 요리 대접을 받지 못하는 음식 중 하나인 듯하다. '죽 쒀서 개 줬다.'라는 말은 고생은 고생대로 한 일의 득을 엉뚱한 사람이 본다는 뜻이다. 어떤 일에 대해 '죽 쒔다.'고 할 때는 일을 망쳤다는 뜻이다. 공들였다는 뜻과 결국 망쳤다는 의미가 죽 쑨다는 말에 동시에 들어 있는 셈이다.

전복죽처럼 특별히 영양가와 맛을 따져 먹는 경우도 있지만, 죽을 먹는다는 것은 몸 상태가 좋지 않아 유동식을 먹어야 한다는 뜻일 때가 많다. 죽 체인점이 인기를 끄는 이유를 생각해보면, 여러 식구가 함께 살던 구조에서 1인 가구가 많아지는 식으로 가족의 형태가 변한 것과도 관련이 있어 보인다. 죽을 먹어야 할 정도로 아픈 사람이라면 입은 깔깔하지만, 죽을 만들 정도로 기력이 있지는 않다. 가족과 함께 산다면 가족이 죽을 쑤겠지만 혼자 사는 사람은 사 먹는 것 말고는 답이 없다.

죽으로 따지자면 쌀을 먹는 아시아의 나라들에는 대체로 비슷한 메뉴가 있기 마련이다. 홍콩에서는 '콘지'라고 부르는 죽을 먹는데, 토핑을 원하는 대로 할 수 있다. 콘지는 이미 간이 되어 있기 때문에 따로 간장을 부어 먹지 않아도 된다. 중국에도 아침에 흰죽을 파는 가게들이 있는데, 튀긴 빵 종류를 곁들여 먹게 함께 판다. 튀긴 빵은 죽 안에 넣어서 부드럽게 만든 뒤 먹는다. 튀긴 빵을 데운 두유나 죽에 넣어 먹는 문화는 중국, 홍콩, 대만에서 전부 볼 수 있다. 일본에는 '조스이'라고 부르는 죽이 있다. 하지만 홍콩처럼 여기저기서 죽가게를 볼 수 있는 것은 아니고, 일본 교토에는 조스이만 취급하는 노포가 있는데 가벼운 아침식사라 치기에는 가격이 무척 비싸다.

태국에서도 죽을 먹는다. '쪽'이라는 발음부터가 어딘지 '죽'스럽게 들리는 이 음식은 호텔 조식에서 흔하게 볼 수 있으며 부드러운 국물과 함께 먹는 풀어진 밥알요리다. 태국 국물요리 특유의 감칠맛이 매력적이다. 이런 죽 요리들을 경험하고 나면, 죽이 꼭 아파서 먹는 음식이 아니라 아침 속에 부담을 덜

주면서 열과 에너지를 더하는 간단한 유동식 정도라고 받아들이게 된다.

한국에서도 죽 체인점이 생긴 뒤로는 특별히 컨디션 문제가 아니어도 맛 때문에 죽을 먹기도 한다. 낙지김치죽이 대표적인데, 아플 때는 오히려 너무 자극적이라 먹게 되지 않지만 안 아플 때는 특유의 매콤하고 뜨거운 맛이 위에 안 좋을 것 같다는, 즉 몸에 죄를 짓는 기분을 만끽하며 먹는다. 하지만 이 낙지김치죽은 나에게는 일종의 소울푸드이기도 한데, 사연은 이렇다.

나에게는 고모가 한 분 계시는데, 고모네 온 가족은 10여 년 전 캐나다로 이민 가 살고 있다. 이민을 핑계로 지금은 연락을 거의 하지 못하고 지내는데, 초등학교 입학 전부터 학창시절 내내 우리 집은 고모네 집과 무척 가까웠고, 그래서 (과장하자면) 한 집처럼 지냈다. 사촌언니는 나보다 두 살이 많았고, 그 집 둘째인 사촌은 나와 동갑이었다. 큰아이가 딸이고 둘째가 아들이라는 점은 두 집이 같았다. 나와 동생은 고모가 운영하던 미술학원을 다녔다. 고모는 사촌언니와 내가 '더 말랐으면' 하는 소망을 아주 오랫동안 버리지 않고 계셨다.

여성에게만 적용되는 '미용체중'이라는 개념이 있다. 건강한지를 판단할 수 있는 '표준체중'의 개념과 달리 '미용체중'은 놀랍게도, 키와 거의 무관하게 50kg 미만이기를 여성에게 요구한다. 미용체중 표가 따로 있기는 하지만, 키가 몇이든 47kg 정도를 목표로 하게 된다. 나는 초등학교 때 이미 키가 160cm를 넘기기도 했거니와 체중 50kg는 한참 전에 넘겼다. 말라야 한다는 생각을 조금 했던 것도 같은데 잘 기억나지 않는다. 우리 부모님은 나에게 뭘 강요하거나 압박한다고 해서 되지 않는다는 사실을 일찌감치 염두에 두셨던 듯한데, 고모는 그렇지 않았다. 사촌언니와 내가 마른 몸을 갖는다면 정말 예쁠 것이라며, 방학만 되면 둘을 앉혀놓고 체중을 재고 식단을 짜주곤 했다. 당연히 우리는 잠시 말을 새겨듣는 척하다가 다시 알아서 사는 자유인의 삶으로 돌아왔는데, 어느 날 고모가 진행 상황을 체크하겠다고 나섰다. 나는 아침마다 고모네에 가서 사촌언니와 함께 식사를 했다. 말이 좋아 식사지, 매일 식사량을 줄여가고 있었다. 고모의 원대한 계획은 돼지 두 마리가 갑자기 단식을 할 순 없으니(그렇다. 고모의 계획의 정점은 일주일간의 단식이었다.) 단식을 시작하는 단계로 식사량을 줄인다는 내용이었다. 그때는 매일 아침 체중계에 오르는 일도 꽤 고역이었기 때문에, 나와 사촌언니는 둘 다 열심히 고모의 지시에 따르기로 했다. 그리고 드디어 그날이 왔다. 최후의 만찬을 하는 날.

그날 아침에도 나는 고모네 집에 갔다. 체중을 잰 뒤(며칠 동안 식사량을 줄여서인지 몇 킬로쯤 줄어 있기는 했다.) 고모는 부엌으로 가 죽을 만들었다. 이제 당분간 밥을 먹지 않을 것이므로, 부드러운 음식을 마지막으로 먹는다는 계획이었다. 반찬 없이 먹는 김치죽이 한 그릇씩 나와 사촌언니 앞에 놓였다. 그리고 맹세하건대, 세상에 그렇게 맛있는 죽은 처음이었다.

우리집에서는 죽을 먹을 일이 거의 없었다. 우리 가족은 아무도 아프지 않았기 때문이다. 아버지가 주말에 닭백숙을 만드는 날이면 닭죽을 먹곤 했지만, 그건 별식이었지 죽이 아니었다. 그런데 이 소박한 김치죽! 고기도 없고! 심지어 김치를 물에 헹궈서 넣어 빨갛다기보다 희멀건한 색을 한 김치죽이 나의 위장을 사로잡았다. 우리는 침묵 속에 식사를 했다. 너무나 맛있었다. 심지어 이 죽은 효험(?)도 뛰어났으니, 죽을 다 먹고 나자 식욕이 맹렬히 되살아났다. 며칠간 식사량을 줄이는 데 별 문제가 없었는데, 죽을 먹자 갑자기 입에서 음식이 막 당겼다. 나만 그런 줄 알았는데 사촌언니도 마찬가지였다.

아, 이래서 죽을 먹는구나. 이제 뭐든 먹을 수 있을 것 같은 이 기분. 소도 때려잡을 듯한 이 기분.

우리는 고모가 출근한 틈을 타 사거리에 있는 파파이스에 가서 치킨을 먹었고, 그 사실을 거짓 없이 고모에게 말했고, 고모의 등짝스매싱과 함께 모든 일은 다시 원점으로 돌아왔다는 이야기.

나는 그 이후로 종종 입이 심심할 때는 고모네서 배운 방식으로 김치죽을 해 먹는다. 맹물에 알이 굵은 다시멸치를 두세 마리 넣고 끓인다. 물이 끓으면 멸치를 건져낸 뒤 밥 투하. 물에 한번 헹군 김치를 가위로 대충 잘라 넣고 계속 끓인다.

소풍 가는 날의 아침과 점심

홈메이드 김밥

학교 선생님으로 일하는 지인들에게서 듣고 제일 신기했던 것 하나는 요즘은 소풍날 김밥을 집에서 만들어 오지 않는 집이 많다는 이야기였다. 좋은 경향이다. 김밥은 손이 너무 많이 간다.

봄과 가을에 소풍을 갈 때가 김밥을 먹도록 지정된 날이었는데(학교에 다니는 아이가 여럿인 집이라면 1년에 열 번 가까이 김밥을 싸게 되기도 한다.), 김밥을 좋아하지만 그런 날이 아니면 만들기가 번거로우니 온 가족이 넉넉히 먹을 분량의 김밥을(어디 한번 먹어봐라.) 싸서 전날 저녁부터 식사를 김밥으로 먹게 되곤 했다. 나와 동생은 김밥 첫 줄이 만들어지는 순간부터 옆에서 먹기 시작했는데, 김밥은 왜인지 먹어도 먹어도 배부른 줄 몰랐다. 우리는 김밥을 마는 외할머니 옆에서 목을 빼고 있다가 첫 줄이 완성되자마자 먹었고, 그다음부터는 김밥의 양끝 일명 '꼬다리' 부분을 먹었는데, "내일 아침은 남겨놔야 해."라는 말을 듣고 퇴각할 때까지 가능한 한 많은 김밥을 먹기 위해 애썼다. 소풍날 아침 기상만큼은 어렵지 않았다. 소풍이 기대되어서는 아니었다. 아침도 점심도 김밥이라는 걸 알아서였다.

외할머니가 김밥을 마는 동안 너무 맛있다고, 자주 먹으면 안 되냐고 칭얼거리면, 안 된다는 답이 돌아왔다. 달걀지단 부치기가 얼마나 귀찮은지도 몰랐고, 그 많은 재료를 하나하나 손질한다는 말의 뜻도 몰랐으니까. 지금이라면 김밥을 사 갔을지도 모른다. 하지만 집에서 만든 김밥에는 그 집만의 스타일이 있다. 친구들과 모여 앉아 각자의 집 김밥을 비교해 먹어보는 즐거움은 그래서 생겨난다. 집집마다 오이나 당근, 달걀지단, 어묵, 단무지, 우엉, 시금치, 깻잎 등의 조합이 조금씩 달랐고, 햄 역시 미묘하게 다른 재료를 썼다. '참치김밥' 같은 메뉴는 없었다. 매운멸치조림을 이용하는 사례는 그때에도 있었던 기억이다. 하지만 그런 김밥이 집 안에서는 사랑받을지언정 집 밖으로 나가는 경우는 거의 없었다. 김밥을 사 먹기 어렵던 때에 김밥으로 거의 통일된 도시락이 마련되어야 한다는 사실에 고통받은 친구도 있었을 것이다. 그땐 아무것도 몰랐지만.

'사제김밥' 중 내가 가장 많이 먹은 김밥은 당연히 우리집에서 만든 것이었다. 그리고 두 번째로 많이 먹은 사제김밥은 같이 일하는 교열팀 K선배의 남편이 만든 김밥이다. K선배는 어묵을 좋아한다. 그래서 형부가 만든 김밥에는 어묵이 많이 들어간다. 우엉 같은 건 빠져 있다. 어묵이 많고 오이가 같이 있으니 먹는 사람에 따라 비리다고 느낄 소지가 있어 보이는데, 내 입에는 잘 맞는다. K선배와 같이 일한 지도 20년이 되었으니, 그 시간 동안 1~2년에 한 번 이상은 그 어묵김밥(이라고 불러야 할 듯하다.)을 먹었다. K선배는 이제 새로울 것도 없다며 어묵김밥에 대해 다소 냉소적이지만, 얻어먹는 입장에서는 집에서 만든 김밥 특유의 정갈함이 있어 좋아하는 편이다. K선배의 남편은 회사가 남산에 있던 시절, 마감하는 날에 수박 화채를 만들어 가져온 적도 있었다.

아마도 K선배는 어묵김밥을 회사에 싸 오는 날 아침에도 어묵김밥을 먹었겠지. 입맛에 딱 맞춘 김밥이라서 지겨워지기도 하겠지. 하지만 나에게는 언제나 별식이고, 다른 곳에서는 먹을 일 없는 특별한 김밥이다.

아침 먹고 갈래요?

메뉴 불문

소설 「캣퍼슨」은 《뉴요커》가 온라인으로 발표한 가장 인기 있는 작품이 되었다. 작가 크리스틴 루페니언이 마지막으로 들었을 때 조회수가 450만 건을 넘었다고 한다. 그중에는 몇 번이나 클릭해서 소설을 읽은 내가 보탠 조회수도 들어 있으리라. 비채에서 출간한 『캣퍼슨』은 「한밤에 달리는 사람」 「성냥갑 증후군」을 비롯해 12편의 단편이 실린 소설집이다. 「캣퍼슨」은 데이트에 대한 이야기를 담은 단편소설이다. "마고가 로버트를 만난 것은 가을학기가 끝나가던 어느 수요일 밤이었다." 예술영화 전용극장의 매점에서 일하는 마고는 극장에 온 손님인 로버트가 전화번호를 알려달라는 말에 응하고 문자를 주고받다가 밖에서 만나게 된다. 늦은 시각 헤어지면서 로버트는 입술에 키스하는 대신 이마에 부드럽게 입을 맞췄고, 마고는 그에게 끌리기 시작했다는 사실을 깨닫게 된다.

「캣퍼슨」을 읽다가 나는 괴로움에 몸부림쳤다. 아트시네마 전용관에 갔다가(나는 자주 가는 편은 아니다.) 나와 동행한 친구의 구남친(혹은 구여친)과 불행히 재회한 경험이 많아도 너무 많았다. 인상착의부터 하는 짓까지 소설 속 남자와 비슷한 여성들과 남성들. 저 멀리 새로 탄생한 커플이 보이면 친구와 나는 화장실로 달려가 숨어 있거나 밖에서 시간을 때우곤 했다. 저 인간은 친구와 사귈 때도 별로라고 생각했는데 헤어지고 다시 보니까 더 별로야.

「캣퍼슨」은 '망한 데이트 후일담'이라고 할 수 있다. 그런데 그 망한 이유 중 하나가 문제적 남자만큼이나 주인공인 마고의 '방심'에 있다는 점이 흥미로운 포인트다. 로버트에게는 뮤와 얀이라는 고양이 두 마리가 있다. 로버트는 끈적이지 않는 타입이었고, 마고의 제안에 "당신이 원한다면."이라고 말하는 유형의 사람이었다. 그리고 마고는 자신의 말과 행동을 재검토하며 혹시 그의 기분을 상하게 할 일을 했는지 앞서 근심한다. 그리고 그의 키스가 끔찍한 수준임을 확인하고 나서는 "왠지 그 키스 덕분에 그에 대한 다정한 마음이 되살아났다. 그가 나이는 더 많지만, 그가 알지 못하는 뭔가를 그녀 자신이 알고 있는 듯했다." 로버트가 고의적으로 거짓말을 해서 문제가 된 게 아니라 로버트가 적당히 생략한 불리한 정보들을 마고가 환상으로 채워 넣었다는 게 고통의 시발점이었다. 다른 단편들도 「캣퍼슨」과 맥이 닿는다. 이성 연애의 구질구질한 측면을 블랙 유머로 풀어가는 이야기들. 소통 불가능성에 대한 이야기들.

그런데 '아닌 것 같다.'는 깨달음이 본격적으로 찾아오는 순간이 언제일까? 아침이다. 밤에는 나름 흥하는 기분이었는데 '아침의 후회' 패턴으로 정신 차리고 후회하는 일 말이다. '와 너무 별로였어, 많이 양보해 된장인 줄 알았는데 똥이었어.' 하는 생각을 한 뒤 어서 탈출하려는데 애매하게 또 붙들려 있게 된다든가.

「캣퍼슨」에서도 섹스 이후의 상황이 아침식사와 연결되어 펼쳐지는데 나는 또 여기서 박장대소했다. 마고는 섹스랄까, 둘의 몸짓이 끝난 뒤 조용히 누워 증오의 검은 기운을 뿜어내고 있었다. 그제야 정신이 들어 마고는 남자의 나이를 물어보는데, 아니나 다를까 예상보다 더 나이가 많다. 여자는 시간(새벽 3시)을 확인하고, 집에 가려고 한다. 남자는 말한다.

"정말? 아침까지 있을 줄 알았는데. 내가 만드는 스크램블드에그, 환상적인데!"

그걸 먹고 싶어? 그걸 먹고 싶겠니?

성애적 관계에는 두 종류가 있다. 아침이 있는 관계와 아침이 없는 관계. 아침을 먹어도 다 같은 건 아니다. 아침을 사 먹기만 하는 관계와 고작 커피 한 잔이라 해도 집에서 함께 먹는 관계. 아침을 함께하고 싶은 사람들과만 만날 필요는 없지만 아침을 함께하고 싶지 않은 사람하고는 아침까지 기다릴 필요도 없다. 아침식사, 그게 뭐길래. 하지만 아침을 함께하지 못하는 관계에는 미래가 없다.

아침밥보다 먼저 온 손님

아침식사로 시작되는 하루

이른 아침에 까치가 울면 반가운 손님이나 기쁜 소식이 온다는 속설이 있다. 이 속설에 대해 오랫동안 왜 이런 말이 만들어졌을지 궁금했다. 국민(그때는 백성과 노비라고 불렸을) 대다수가 농사를 짓던 옛 시절에는 많은 이들이 이동하지 않고 태어난 고장에서 평생을 살다 죽었을 테고, 반가운 손님이든 기쁜 소식이든, 동네 밖에서 뭔가가 찾아오는 일 자체가 드물었을 테지. 옛날 소설을 읽다 보면 이렇게 지금과 세상이 다르게 돌아가 이상해 보이는 부분이 눈에 띌 때가 많은데, 아침식사가 소설 전개에 미치는 영향도 그중 하나다.

제인 오스틴의 『오만과 편견』을 일 때문에 다시 꼼꼼하게 읽다가, '아침식사'라는 기표가 가진 속뜻을 생각하게 되었다. 소설이나 영화, 드라마 등 이 작품을 본 사람이면 누구나 알 법한 장면, 즉 다아시 씨가 엘리자베스에게 첫 번째 청혼을 한 다음 날에도 아침식사와 관련된 장면이 나온다. 다아시 씨는 엘리자베스의 집안인 베넷 가문을 탐탁지 않게 생각한다. 엘리자베스의 언니 제인에 대해서는 좋게 평가했지만 다섯 딸을 결혼시키는 데 혈안이 된 어머니에 대해서는 특히 비판적이다. 그래서 엘리자베스에게 구애하는 말을 하면서도 그는 자신의 상처 입은 자존심(솔직히 알 게 뭔가? 엘리자베스는 그의 마음을 눈치도 못 챘는데.)을 앞세우는 우를 범한다.

제인 오스틴은 특유의 날카로운 관찰력으로, 이 잘나 보이는 남자의 자기중심적 속성을 묘사한다. "그는 말을 잘했다. 애정에서 우러나오는 말 말고도 다른 감정들을 자세히 늘어놓았고, 애정보다는 자존심에 대해 더 웅변적이었다. 그녀의 열등한 신분을 의식 — 자신의 신분이 하락할 거라는 의식 — 하고, 분별력과 사랑의 감정이 늘 상충하는 가문이라는 장벽에 대해 열을 올리며 상세히 설명했다." 자신의 높은 신분에 상처 입히는 구애 행위에 무척 신경을 쓰는 티가 나는데, 청혼에는 아무런 도움이 되지 않는 말이었다. 다시 한번 말하지만, 솔직히 알 게 뭔가? 엘리자베스는 그의 마음을 눈치도 못 챘는데 말이다. 엘리자베스는 그에 대한 뿌리 깊은 혐오감을 느끼면서도 그런 남자가 자신에게 구애하는 상황에 아예 반응하지 않을 수도 없었는데, 청혼은 단호한 거절로 마무리되고 다음 날이 밝는다.

엘리자베스가 현대인이라면 그날 밤을 새워서 스마트폰을 켜고 네이트판에 사연글을 썼을지도 모른다. 하지만 촛불을 켜야 밤을 밝힐 수 있던 시절에는 부유하지 않다면 밤에는 어떻게든 자야 했다. 해가 떠야 그다음 생각도 할 수 있었다. 그러니 마치 일일연속극처럼, 사건은 해가 뜨면서 시작되어 해가 진 직후에 응접실 정도에서 마무리되기를 반복한다. 각자의 방으로 돌아가면 사람들은 전화를 걸지도 못하고 다른 소일거리를 할 수도 없다. 그러면 '공식적으로' 하루 일과는 언제부터인가? 아침식사부터다. 다아시 씨로부터 청혼을 받은 다음 날이 되자 엘리자베스는 "아침식사를 마치자마자 바람을 쐬며 운동을 해야겠다고 결심했다." 아무도 학교에 가거나 회사를 가지 않는다. 아무도 월요일부터 금요일까지 매일 일과를 소화하지 않는다. 매일 농사를 짓는 사람들은 소설의 주인공이 되지 않았다는 점도 꼭 이야기해야겠지.

그런 까닭에 『오만과 편견』에서 "아침식사가 끝나기도 전에" 네더필드의 하인이 편지를 가져온다는 말은 급한 용무가 있다는 뜻이 되고(언니 제인이 아프다는 소식), 엘리자베스는 근심 어린 마음으로 아침 식사를 포기하고 5킬로미터에 달하는 길을 걸어 언니에게 간다. 들판을 가로지르고 울타리를 뛰어넘고 급하게 웅덩이를 건너뛰었다. 엘리자베스의 양말은 더러워졌고 몸에서는 땀이 흘렀다. 그런 엘리자베스를 맞이하는 네더필드 저택의 사람들은 아침식사도 하기 전에 들이닥친, 급하게 걸어오느라 차림이 엉망인 손님을 제각기 다른 마음으로 맞아들인다. 다아시 씨는 엉뚱하게도 운동을 한 엘리자베스가 아름답다고 생각하고, 허스트 부인이나 빙리 양은 다소간 경멸하는 느낌으로 그녀를 대한다. 그리고 허스트 씨는 "오로지 아침식사 생각뿐이었다."

아침식사는 일과의 시작으로, 행실의 적절함을 가늠하는 역할을 한다. 또한 가족이 한데 모이는 자리이니만큼 중요한 일과를 공유하는 시간이기도 하다. 아침식사 중에 베넷 씨는 오늘 손님이 방문할 예정임을 알리고, 남의 집에 방문한 손님은 아침식사를 마치면 정찬을 들기까지 알아서 할 일을 찾아야 했는데 남자 손님은 대부분 서재에서 책을 읽거나 글을 쓰거나 창밖을 내다보거나 했다. 콜린스가 엘리자베스에게 청혼하는 때는 아침식사를 마친 뒤이며(거절함), 베넷 가문의 딸들이 위컴 씨가 언제 돌아오는지 알아보러 다니는 때도 아침식사를 마친 직후이다.

1813년작인 『오만과 편견』이 가족 사이의 아침식사 풍경을 통해 그날 하루 있을 일을 알려준다면, 1890년에 발표된 아서 코난 도일의 셜록 홈스 시리즈 중 『네 사람의 서명』에서는 더 직접적으로 '사건'의 오프닝이 바로 아침시간이다. 사건이 없을 때면 무료함을 견디기 어려워하는 홈스에게 의뢰인이 찾아온다. 10년 전 실종된 이후 연락이 두절된 아버지로부터 만나자는 연락이 왔다며 어떻게 해야 좋을지를 묻는 한 젊은 여성의 의뢰다. 인도에서 발견된 보물에 얽힌 과거가 알려지고, 의뢰인의 아버지는 이미 사망했음이 밝혀진다. 하지만 그가 남겼으리라 예측되는 보물 지도를 찾는 자들이 있다.

셜록 홈스는 거리의 어린 부랑자들에게 돈을 주고 사건과 연관된 길거리의 소문을 수집한다. 그들에게는 '베이커가 특공대'라는 이름도 붙여주었다.

복지라는 개념이 있지도 않던 시대의 이 어린아이들은 사명감을 가지고 일을 하는 것으로 그려지는데(무엇보다도 확실한 돈벌이다.), 『네 사람의 서명』에서는 셜록 홈스가 아침에 일어나 왓슨에게 그날 일어날 일을 미리 말해둔다. 앞으로 무슨 일이 생길지 내다보는 재능이 있는 것처럼 보이는 셜록 홈스다운 말이다. "아침밥을 먹고 한 시간쯤 잠을 자두세. 오늘 밤에 다시 움직여야 할 것 같으니까." 아침 8시에서 9시로 시계가 움직이는 즈음, 왓슨은 간밤에 있었던 사건을 되새기고 있는데, 홈스는 "베이커가 특공대가 우리가 아침식사를 마치기도 전에 들이닥칠 걸세."라고 확신에 찬 말을 던진다. 이것은 하루의 시작이기도 하지만, 전날 밤의 마무리이기도 하다. 범죄와 관련된 사건사고가 펼쳐지는 밤의 끝에 기다리는 것은 바로, 수습해야 할 아침. 현대의 수사극이라면 경찰서에서 쪽잠을 자는 형사들의 모습으로 대신될 만한 장면. 하지만 19세기의 사람들은 일단 아침을 차려 먹는 중이다. 생각해보면 이 역시 어느 정도 경제력을 가진 사람들의 풍경이리라. 그런 이들의 삶이 소설이 되고. 베이커가 특공대의 부모뻘 되는 사람들의 아침 풍경은 어떨까. 다른 사람의 집에서, 다른 사람의 아침을 준비하느라 분주한 시간을 보내지 않을까.

자연 가까이에서 지내면 몸의 리듬은 해의 운행과 밀접해진다. 에마 미첼의 『야생의 위로』는 박물학자로 동식물과 광물, 지질학을 연구하는 저자가 25년간 우울증을 앓아온 기분장애 환자로서의 경험을 담고 있다. 나는 중증 우울증의 경험은 없지만, 우울감이 극심해질 때 무한히 밤이 길어진다는 사실은 알고 있다. 잠들지 못하기 때문이다. 머리로는 알고 있다. 아침에 일어나 일과를 하고 밤 늦기 전에 잠들어 깨지 않고 일고여덟 시간을 자면 기분이 나아진다. 하지만 한번 나쁜 사이클에 돌입하면 도저히 잠들지 못한다. 새벽 3시에 책을 읽기 시작하고, 새벽 6시에 드라마를 보기 시작해, 아침이 되어서야 잠든다. 회사를 가야 할 때는 나가떨어질 정도로 지친 상태로 출근한다. 문제는 아무리 지쳐도 도무지 잠들지 못한다는 데 있다.

에마 미첼이 겪는 기분장애는 계절성 우울증을

포함하는데, 특히 겨울이 힘들다고 한다. 나는 원래 겨울을 좋아했지만, 가족에게 안 좋은 일이 전부 겨울에 생겼기 때문에 겨울이 시작된다는 오슬오슬한 느낌이 들면 그때부터 찾아오는 공포와 우울을 경험하기도 했다. 어쨌든 에마 미첼은 박물학자이기 때문이겠지만 숲을 걷는 일이 친숙한 존재들 사이를 거니는 경험이 된다. 그리고 날씨가 좋으면 아침식사 후 일을 하다가 개 애니가 "애처롭게 낑낑대며 목줄을 물고 거실을 오락가락하다가 급기야 키보드와 내 손가락 사이에 코를 들이밀며 타자를 못 치게 막"으면 숲으로 간다. 개와 함께 살면 일과가 개의 즐거움 중심으로 변한다. 식사를 마친 뒤 배변을 위해 산책을 가자는 개의 목줄을 챙기다 보면, 머리가 그제야 깨어나는 기분이 든다. 역시 자연 가까이 살 때에나 가능한 일일 듯하다. 출근하는 사람에게는 개의 낑낑거림도, 처연한 눈빛 공격도 그저 먼 집의 사정일 뿐이다. 나는 시계 알람과 스마트폰 애플리케이션의 각종 알람음이 없으면 아침을 제대로 시작할 수 없다. 혹시 못 깰까 봐, 대안의 대안의 대안의 대안으로 알람을 대여섯 개씩 설정할 때도 있다. 전날 저녁에 준비한 아침식사는 겨우 일어나 뛰어나가느라고 잊힐 때도 많다. 아침식사를 하며 일과를 시작한다는 말은, 그만큼 내 삶을 계획대로 통제하고 있다는 뜻이라는 생각이 뒤늦게 들었다.

아침식사를 중심으로 한 일과에 대해 생각하다 보니 그와 반대편에 있는 '한밤중에 걸려온 전화'에 얽힌 일들도 떠오른다. 한밤중이나 새벽에 걸려오는 전화는 받기 전부터 불길한 예감을 불러온다. 불길한 예감은 틀린 적이 없다. 지금은 발신자 이름이 뜨니 받기 전에 용건을 예측할 수 있을 때도 있지만, 발신자를 알 수 없는 상태에서 집전화를 받던 때는 한밤에 전화벨이 울리면 집안 어른들의 표정에 심란한 기운이 드리우는 모습을 볼 수 있었다. 일과가 끝난 뒤의 연락은 예의에 벗어나기 때문에, 그만큼 급하거나 위중한 문제가 생겼다는 뜻을 갖는다. 지금처럼 24시간 전 세계 누구와도 연락이 닿는 일이 당연해진 세계에서는 이런 시간과 예의 구분법이 새삼스럽지만.

나는 나는 오대수

냉파

돈을 모으는 왕도는 돈을 쓰지 않는 것이다. 갑자기 수입이 늘기를 기대하는 것보다 씀씀이를 줄이는 편이 빠르다. 씀씀이를 단속하지 않으면 수입이 늘어도 통장은 '텅장' 신세를 벗어나지 못한다.

씀씀이를 줄여보자는 생각을 하고 알게 된 것이 바로 '냉파'다. '냉장고 파먹기'의 줄임말인데, 인터넷의 돈 모으기 카페 같은 곳에서는 냉파를 생활비 아끼기 프로젝트의 첫 단계로 권한다. 냉장고 파먹기는 무엇이냐. 식비와 관련된 지출을 0으로 하고, 냉장고를 비울 때까지 냉장고에 있는 것만으로 식사를 해결하는 것이다. 추가로 채워넣지 않고 그 안의 재료만으로 살며 지출을 줄이는 아이디어다.

처음 냉파라는 말을 접한 뒤, 나는 깊은 깨달음을 얻은 기분에 사로잡혀 냉장고를 샅샅이 뒤졌다. 냉장실에서는 온갖 마스크팩부터 유통기한이 1년 이상 지난 잼과 수상할 정도로 표면이 말라 쪼그라든 언젠가의 사과, 먹다 만 때가 언제인지 기억도 나지 않지만 무서울 정도로 멀쩡해 보이는 장아찌 등이 튀어나왔다. 나는 집에서 음료수를 거의 마시지 않지만 어쩌다 음료수를 사거나 받으면 냉장고에 넣어놓고 잊어버리기 때문에 역시 각종 술(맥주와 청주, 화이트와인)과 에너지드링크, 탄산음료와 더불어 소스류도 발굴되었다.

그러나! 냉파를 해본 사람이면 알겠지만 냉파의 본게임은 바로 냉동실을 비우는 데 있다. 모든 식재료와 냉동식품이 화석처럼 단단해져 흰 성에를 입고 보존되어 있다. 놀라울 정도로 모든 게 그대로다. 가끔 우스갯소리로 "사람들은 냉동실에 넣어두면 음식이 천년만년 가는 줄 아나 봐."라고 할 때가 있는데(내가 그런다는 소리), 나는 그런 이유로 이사하면서 집에서 거의 식사하지 않는 사람의 혼자 살림에 맞는 작은 냉장고를 들였다. 가족과 함께 살 때는 냉동실 청소하는 날이 쓰레기봉투를 제일 많이 쓰는 날이었던 기억이 난다. 온갖 종류의 떡과 빵이 척결 1순위가 되는데, 너무 오래되면 질겨지거나 말라서 맛이 떨어지기 때문이다. 명절에 음식을 부모님 집에서 받아 오는 사람들은 그때 받아 넣어놓은 나물 유물을 대거 발견할 수 있다. 최근 냉파를 하면서 내가 가장 많이 먹은 음식은 냉동만두였다.

나는 만두를 좋아한다. 만두가 들어가는 세상의 모든 요리를 좋아하고, 그 형태가 납작하든 뚠뚠하든, 호박과 버섯을 베이스로 한 채식만두든 갈비만두든 무관하게 좋아한다. 지금은 '고향만두'와 '비비고'에 정착했고 가끔 특식으로 '자하손만두'에서 사온 만두를 먹기도 하지만 한동안은 방랑기를 거쳤다. 신제품이 나오면 일단 산다. 먹었는데 맛이 없으면 그대로 방치하고 새 만두를 공략한다. 그래서 냉파를 했더니 좋은 소식과 나쁜 소식이 생겼는데, 좋은 소식은 내가 좋아하는 만두가 잔뜩 있었다는 것이고, 나쁜 소식은 냉동실에 만두뿐이어서 삼시세끼를 만두만 먹어야 할 판이었다는 사실이다. 하도 집에서 밥을 안 해 먹었더니 냉장실에서는 별게 나오지 않았는데 냉동실에서 만두가 쏟아졌다….

냉파를 하던 열흘 정도의 기간 동안, 나는 모닝군만두를 먹었다. 점심은 밖에서 먹고 저녁도 7할 정도의 확률로 외식을 하던 때였던 데다 우리 집에는 만두를 나눠 먹을 사람이 없었으므로, 나는 〈올드보이〉의 오대수가 되었다. 아침마다 만두를 구우며, 만두를 이렇게까지 많이 먹는 것이 나의 가계부에 정말 도움이 될까, 냉파는 다음부터 할까, 오늘만 다른 걸 먹어볼까 하는 유혹에 수없이 빠졌다. 가끔은 실수인지 고의인지 모를 일이 벌어졌는데, 아침에 정신없이 머리를 감고 씻는 와중에 만두를 다 구운 다음 시계를 보니 출근을 해야 할 때가 지나는 중이었다. 그래서 어떻게 했냐면 하나도 못 먹고 그냥 뛰어나갔다. 집에 돌아오니 식은 군만두가 열다섯 개 있었다. 그걸 버릴 일이 아까워져서 분명 저녁을 먹고 들어왔으면서 또 먹었다. 다음 날 아침에는 꼭 바삭하게 구워낸 직후에 먹겠다고 다짐하면서.

의사 선생님, 질문 있어요

병원의 밥때

처음 입원이라는 걸 했을 때, 응급실과 중환자실, 일반 병동을 이동하며 며칠 동안 압축적으로 병원 체험을 했다. 그전에는 간병을 위해 병원에서 지낸 기억뿐이었는데, 직접 환자복을 입어보니 이전에 이해할 수 없었던 외할머니와 아버지의 불만 어린 말들을 이해할 수 있었다. 침대는 너무 좁고, 다인실의 인구밀도는 너무 높았고, 창가의 침대는 얻기가 어려웠다. 사람들이 묻는 말은 항상 똑같고 ("오늘은 좀 어떠세요?") 내가 하는 말은 그때그때 달랐다. ("모르겠어요."부터 "아이고 의사양반 날 죽일 셈이오?"까지.) 그리고 누워 있는 시간이 길어지니까 안 아프던 곳들까지 아프기 시작했다. 아, 이렇게 되는구나.

입원했던 때, 내 상태로는 아침식사를 할 수가 없었다. 숟가락이 무거웠고, 젓가락질을 하려고 손아귀에 힘을 주기가 어려웠다. 돌아눕기만 해도 만취한 것처럼 어지러웠고, 조금만 뭘 하려고 해도 땀이 비 오듯 흘렀다. 외할머니 간병을 위해 병원에서 지내던 때는 외할머니가 밥이 맛없다고 하시는 통에 보통 고생한 게 아니었다. 솔직히 말하자. 내가 아니라 어머니가 고생을 하셨지. 뼈가 부러져서 장기입원 중인 채식주의자에게 맛과 영양을 고루 만족시키는 메뉴라는 게 뭐가 있는지, 지금 생각해도 미션 임파서블이다.

여기 반전이 있다. 나는 병원 밥이 입에 정말 잘 맞았다. 너무너무 맛있었다. (또다시 평범한 먹보의 고백록 분위기가.) 심지어 집에서는 세끼 챙겨 먹기가 힘들었는데, 병원에서는 때가 되면 나를 깨우고 바로 앞까지 식판을 가져다주는 거야! 영양은 자기들이 알아서 다 챙겼대! 그 병원 밥이 유독 맛있었던 건지 내가 먹을 것에 환장했던 건지는 모르겠다. 정말 맛은 있었다. 다만 기력이 없었다. 특히 아침이 고통이었는데, 밥을 가져다주면서 약을 놓고 가면, 꼼짝도 않고 일어날 힘이 모일 때까지 더 누워 있었다. 아프지도 않았다. 그저 힘이 없었다. 그렇게 시간이 지나서 겨우 침대를 짚고 몸을 일으키면 이번에는 팔을 들 힘이 모일 때까지 앉아 있었다. 만약에 약을 먹어야 하는 게 아니라면 식사를 걸렀으리라. 맛은 있는데 힘이 없으니까. 음식을 씹으려고 턱을 움직이는 일도 보통 어려운 것이 아니었다.

그런데 식사를 하고 약을 먹으라지 뭐야. 의사 선생님, 약만 먹으면 안 되나요. 밥을 꼭 먹어야 할까요. 약만 먹으면 저는 어떻게 되나요. 혹시 약만 먹으면 죽나요. 정말 물어봤다. 식사를 하고 먹어야 하느냐고. 식후 30분을 안 지키고 식후 한 시간이면 어떻게 되느냐고. 의사 말인즉, 첫째, 어떤 병이든 영양상태가 좋아야 잘 나으니 식사를 잘 챙기는 편이 좋다. 둘째, 약에 따라 위장에 안 좋을 수 있으니 공복보다는 식사 후가 낫다. 셋째, 식후 30분이 중요한 게 아니라 매일 정해진 시간에 약을 복용해야 하는데, 대체로 사람들은 정해놓은 시간은 잊어버려도 식사는 하루 세 번을 하니까 식후에 먹는다고 생각하면 빼먹지 않는다.

선생님, 저는 아침밥을 못 챙겨 먹기도 하는데 어떡하죠?

의사 얼굴에 순간 짜증이 스친 것 같은데 그건 내 착각인가! (선생님은 곧 이성을 되찾고, 아침에 일어나서 화장실 다녀온 뒤 물 한잔 마시면서 약을 '잊지 말고' 먹으면 충분하다고 했다는 이야기.)

중환자실에 고작 하루 있었는데 심정지 환자들이 들어오는 모습을 몇 번이나 봤다. 의료진들이 달려 들어가고, 방 앞에 서 있는 모습을 볼 때마다 저 사람은 살았을까 죽었을까 알고 싶었다. 나도 묻지 않았고 아무도 그런 사실을 굳이 말해주지 않았는데, 계속 정신없이 사람들이 들고 나는 와중에 피자 배달부가 피자를 몇 판 가지고 저 안쪽 방으로 들어가는 모습이 보였다. 그러거나 말거나 심정지 환자가 들어간 방 앞에는 의료진이 모였다가 이따금 누군가 들고 나기도 했지만, 피자가 기다리는 방에는 한참을 아무도 들어가지 못했다.

후루룩 그리고 한 그릇 더

달걀밥과 버터밥

만화 『심야식당』에 버터밥이 나왔을 때 동생에게 보여줬다. 이것 봐. 우리 어렸을 때 먹던 거다.

버터밥. 갓 지은 포근포근 따끈따끈한 밥(가능하면 흰쌀밥이어야 함.)에 버터나 마가린을 약간 떠 넣고 간장을 살짝 뿌려 비벼 먹는 것이다. 어렸을 때 아버지가 알려준 특식인데, 생각해보면 따로 반찬 없이도 고소하고 짭짤하게 '빠다맛'을 느낄 수 있어서 아버지 당신이 예전에 먹던 음식이 아닌가 싶다. 버터밥의 가장 큰 장점은 준비가 복잡하지 않다는 것이다. 이와 흡사한 수준으로 간단한 한 그릇 식사는 달걀밥이다. 역시 따끈따끈 포근포근한 밥에 날달걀을 하나 깨 넣는다. 아! 미리 다른 그릇에서 달걀을 푼 뒤 밥 위에 붓는 편이 좋다. 거기에 간장을 살짝 부어 간을 한다. 먹는다.

이 역시 아버지가 알려주었는데, 무엇이 문제인지 달걀 비린내가 나는 듯해 나는 거의 즐기지 않았다. 미끄덩거리는 식감도 별로, 기분 탓인지 비린 맛도 별로. 게다가 버터밥보다 달걀밥 쪽이 간을 맞추기 어려웠다.

그랬던 달걀밥을 사랑하게 된 계기는 후쿠오카 여행길이었다. 후쿠오카에 가면 거의 항상 하카타역 인근에 숙소를 구하는데, 하카타 역사 내에 '우치노 타마고'라는 작은 달걀요리 전문점이 있다. 나는 이 식당에 스무 번쯤은 갔는데 오전 9시를 넘기고 가본 적은 단 한 번도 없다. 500엔을 넘지 않는 가격으로 아침식사를 해결할 수 있는데, 아침시간에는 메뉴가 딱 하나다. 달걀밥. 전에는 달걀을 직접 고를 수 있게 했는데 최근에는 그냥 가져다준다. 맛간장은 두 종류가 있는데 맛에 큰 차이는 없다.

달걀을 그릇에 푼다. 푼 달걀을 밥에 붓는다. 밥과 달걀을 잘 섞는다. 먹는다.

이 단순한 과정을 거치고 나면 흰쌀밥은 간장의 달큰한 향이 더해진 고소한 풍미의 무언가가 되어 있다. 후쿠오카에서는 어디를 가도 이런 달걀밥을 하는 곳이 많다. 어떤 차이인지는 모르겠으나 한국 달걀보다 더 고소하고 덜 비리다. 맛간장을 사다가 해 먹어본 적도 있는데 아무래도 다르다. 여행지라서 맛있게 느끼는 차원의 다름이 아니다.

후쿠오카에 가면 반드시 아침 한 번은 우치노

타마고의 달걀밥을 먹는다. 대단한 맛은 아니지만 두고두고 생각나는 맛이다. 무엇보다 맛이 강하지 않으면서 든든하고 소화가 잘된다. 게다가 달걀에 밥알이 코팅되어 밥의 목넘김이 좋다. 맥주도 아니고 밥에 목넘김이라니 이상하게 들릴지도 모르지만.

하카타 역사에 있으니까 당연한 노릇이겠지만, 출근길의 직장인부터 기차 타기 전에 급하게 아침식사를 해결하려는 사람들까지 혼자 와서 후루룩 식사하는 모습이 자주 보인다. 나도 그중 한 사람이다. 언젠가는 아무리 봐도 전날 마신 술이 덜 깬 듯 보이는 사람 둘이서 '마신다'고밖에 볼 수 없는 지경으로 달걀밥을 먹는 모습을 본 적이 있다. 도저히 씹는 속도가 아니었다. 밥그릇을 얼굴에 대고 기울인 다음 그 상태로 안에 있는 걸 다 밀어 넣고 있었다. 그러고는 바로 '한 그릇 더' 주문.

그 모습을 보니 달걀밥이 해장식으로도 제법 잘 어울리겠다 싶은 거다. 그다음 여행에는 아침에 달걀밥을 먹으려고 밤에 술을 마셨고, 아침에 일어나지 못했다.

내일 뭐 먹지?

아침식사 준비가 시작되는 순간

아침밥은 먹기 쉽지 않다. 밥을 하는 사람과 먹는 사람이 동일할 때, 아침은 가장 먼저 생략되는 끼니다. 아침밥이 중요하다는 말, 아침을 거르는 법이 없다는 말에는 여유 있는 아침시간이 확보되어 있다거나 아침을 차리는 사람이 따로 있다는 속뜻이 있을 때도 적지 않다.

그런데 자기계발서든 건강을 위한 식이요법이든, 삶을 앞으로 밀고 가는 추진력을 발휘해야 할 때는 아침밥을 강조하기 시작한다. 하루를 제대로 시작해야 하루를 잘 이끌어갈 수 있는데, 그러려면 제때 일어나야 하고, 하루를 계획해야 하고, 첫 끼니를 잘 챙겨야 한다는 뜻인 듯하다. 일정한 생활습관을 유지하고 능률이 높은 삶을 유지하려면 해가 떠 있는 동안 움직이고 여덟 시간 수면 후 해뜰녘에 기상하기 위해 일찌감치 잠들라는 말이다. 오전의 공복상태를 견디는 대신 머리 쓰는 일을 할 수 있는 정도의 영양소 공급도 중요하다. 일단 아침에 일찍 일어나면 밥 먹는 시간도 확보가 쉽다.

일본 책인 『아침형 인간』을 필두로, 아침시간을 잘 활용하라는 자기계발서는 많고 많은데, 나는 그런 책들을 꽤 좋아하는 올빼미형 인간이다. 매주 마감을 하다 보면 목요일에서 금요일로 넘어가는 날 퇴근은 아무리 빨라도 자정은 되어야 할 수 있는데, 회사 일이 아니고는 그렇게 살고 싶은 마음이 조금도 없다. 어떻게 하면 일정한 리듬으로 생활할 수 있을까, 루틴을 만들고 지킬 수 있을까가 궁금하다. 『미라클 모닝』은 제2의 『아침형 인간』 혹은 미국판 『아침형 인간』이라 할 법한 이야기를 다룬다. 아침의 6분이 인생을 바꾼다고 한다. 6분! 큭큭.

미국 자기계발서를 많이 읽어본 사람이면 잘 알 테지만, 대체로 이런 책의 저자는 이런 책을 쓴 일이 삶의 가장 큰 성취일 때가 많다. 성공한 사람이 되어 책을 쓰는 식이라기보다는 책을 팔아서 성공한 사람이 되는 스토리텔링을 스스로에게 부여하며 살고 있다고 해야 하나. 그런데 할 엘로드라는 이 책의 저자는 스무 살의 나이에 음주운전을 하던 대형 트럭과 정면으로 충돌한 뒤 6분간 심장이 멎은 상태였으며(그래서 6분인 걸까?), 열한 군데의 골절과 영구적인 뇌 손상을 입었다고 한다. 다시 걸을 수 없을 것이라는 말도 들었다는데 그 역시 이겨냈다. 할 엘로드가 이겨내야 했던 역경이 교통사고뿐은 아니었다. 혈액암(급성 림프구성 백혈병) 투병생활도 했기 때문이다. 그 비결이 바로 뭐다?

요는 이렇다. 매일 아침 첫 6분을 시작하는 루틴을 만든다. 많은 경우 억지로 일어난 뒤 일과를 증오하며 하루를 시작하기 마련인데 말이다. 침묵 속에서 명상이든 기도든 하며 마음을 다잡는다. 1분. 가능성과 우선 과제들을 되새김하는 다짐을 입 밖으로 소리를 내어 말한다. 1분. 목표에 도달했을 때의 모습과 느낌을 그려본다. 1분. 감사하고 자랑스러운 결과를 일기에 적는다. 1분. 자기계발서를 한두 쪽 읽는다. (헉?) 1분. 일어서서 몸을 움직인다. 1분. 이렇게 매일 아침 6분. 미심쩍다고 생각할 순 있지만 설령 낭비라 해도 하루 6분이니까.

이 책에는 아침식사를 언제 해야 하는지에 대한 조언도 들어 있다. 공복 상태로 문제의 6분 루틴을 수행한 뒤 식사를 하면 된다. 아침잠을 깨우는 데 만병통치약인 물 한 컵 마시기 이야기가 여기에도 나온다. 아침에 실온의 물 한 컵을 마시면 자면서 흘린 땀으로 배출된 체내수분이 보충되고 몸이 깨어난다. 이 책은 거기에 방탄커피(무염버터와 코코넛오일이 첨가된)를 더한다. 아침식사로는 과일이나 채소처럼 조리하지 않은 자연 상태 그대로의 음식을 먹어도 좋다고 말한다. 아침을 배부르게 먹으면 다시 피곤해지기 때문에 가능한 가볍게 먹되 에너지가 될 법한 영양소를 생각해 메뉴를 정하라고….

그러려면 아침 준비는 아침이 아닌 전날 끝나 있어야 한다. 쌀을 안쳐놔야 밥이 제대로 익는다. 샐러드를 하려고 해도 야채를 비롯한 주재료가 있는지 확인해야 한다. 내가 종종 먹는 오트밀은 우유를 넣고 데울 게 아니면 전날 밤에 요구르트에 담가 불려 놓아야 먹기가 좋다. 일찍 일어나 아침식사를 한다는 말은, 전날 밤부터 다음 날에 대한 준비를 마친다는 뜻이다. 저녁식사 준비는 귀갓길에 할 수도 있지만 아침식사는 이른 아침에 문을 여는 마트가 가까이 있는 게 아니라면 전날 밤에 준비를 마쳐야 한다.

아차차. 샛별배송의 나라에서 내가 또.

하지만 잊으면 안 된다. 샛별배송도 주문 마감은 전날 밤이라는 사실을.

그러니 아침식사라는 단추를 잘 채운다는 건 밤에 시작하는 이튿날의 일정을 정돈한다는 의미. 식사를 챙길 정도로 여유가 있다는 의미.

자기 전에 아침을 궁리하며 냉장고 안을 들여다보고 준비를 간단히 마친 뒤 씻고 침대에 눕는 순간, 드디어 하루가 마무리된다는 생각에 신이 난다. 부디 내일 아침에도 이런 기분으로 가뿐하게 시작할 수 있기를.

굿나잇, 그래야 굿모닝.

001 조식

아침을 먹다가 생각한 것들

1판 1쇄 펴냄 2020년 3월 23일
1판 5쇄 펴냄 2022년 6월 30일

지은이 이다혜

편집 김지향 김수연 정예슬
교정교열 안강휘
디자인 박연미
일러스트 윤예지
미술 이미화 김낙훈 한나은 이민지
마케팅 정대용 허진호 김채훈 홍수현 이지원 이지혜 이호정
저작권 남유선 김다정 송지영
홍보 이시윤 박그림
제작 임지헌 김한수 임수아 권혁진
관리 박경희 김도희 김지현

펴낸이 박상준
펴낸곳 세미콜론
출판등록 1997. 3. 24. (제16-1444호)
06027 서울특별시 강남구 도산대로1길 62
대표전화 515-2000
팩시밀리 515-2007
편집부 517-4263
팩시밀리 515-2329

ISBN
979-11-90403-53-5 03810

세미콜론은 민음사 출판그룹의
만화·예술·라이프스타일 브랜드입니다.
www.semicolon.co.kr

트위터 semicolon_books
인스타그램 semicolon.books
페이스북 SemicolonBooks
유튜브 세미콜론TV

(근간)	윤고은 염승숙	소설가의 마감식
	정연주	바게트
	정이현	table for two
	서효인	직장인의 점심시간
	김미정	치킨
	노석미	절임 음식
	안서영 이영하	돈가스
	김현민	남이 해준 밥
	임진아	팥
	손기은	갑각류
	하현	아이스크림
	이수희	멕시칸 푸드
	신지민	와인
	김겨울	떡볶이